月が導く異世界道中
Tsukiga Michibiku Isekai Dochu
17

あずみ圭
Azumi Kei

主な
登場人物
環（たまき）
真の四人目の従者。
愛想は良いが、何か裏がありそうな
不穏な気配がある。
深澄 真（みすみ まこと）
本作の主人公。
親の都合で異世界へ召喚
されちゃった悲運な高校生。
各国重鎮との面会を経て
自分を見つめ直す
今日この頃。
巴（ともえ）
元は「蜃《しん》」と呼ばれた竜。
真と契約したことによって
人の姿を得た。
亜空で花見が
できるように
なってご満悦。

識（しき）
元は「リッチ」と
呼ばれる骸骨型の
アンデッド。
真と契約したことで
人の姿となった。
周りが引くくらい
仕事中毒。
澪（みお）
元は巨大な蜘蛛。真と契約して、人の姿を得た。
最近料理の腕に一層磨きをかけている。
レンブラント
ツィーゲの街の大商人。
実質的に街を支配していると
言っても過言ではない。
トア
かつて真に助けられた冒険者。
祖先が失った短剣を
捜し求めている

魔族領
ケリュネオン
ステラ砦
王都ウル
帝都ルイナス
リミア王国
グリトニア
帝国
アイオン王国
学園都市
ロッツガルド
ボズダ
ロビン
ローレル
連邦
ツィーゲ
ナオイ
黄金街道
果ての荒野
月が導く異世界道中
Tsukiga Michibiku Isekai Dochu
世界地図

1

上位竜リュカにもらった本に書いてあった異世界への帰還の儀式を試した僕――深澄真《みすみまこと》。

ところが、サマルとかいう門の付喪神《つくもがみ》が出てきて、異世界転移したければ生贄《いけにえ》をよこせとか、その他いろいろふざけた事を言うものだから、ついカッとなってぶち壊してしまった。

目下のところ日本に帰る手段を失ってしまったが、後悔《こうかい》はしていない。

そんな中、突然亜空《あくう》が拡張し、未知の領域が出現した。

巴《ともえ》、澪《みお》、識《しき》、三人の従者を伴《ともな》って調査に出かけた僕は、そこで奇妙な建造物を発見する。

日本風の神社とお寺とギリシャ風の神殿が一つの敷地に並び立っていたのだ。

そこに待ち受けていたトウダと名乗る巫女《みこ》さんの話によると、これらは以前亜空を訪れた大黒天様、スサノオ様、アテナ様からの贈り物だという。

そして、トウダ自身も、僕に仕《つか》えるように言われているのだそうだ。

そんなわけで、彼女を新たな従者に加える事になってしまった。

契約《けいやく》の儀《ぎ》も四度目ともなれば、正直新鮮味も何もない。

とりあえず目の前にいるのが〝万色の上位竜《ヘンタイ》〟ルトじゃなくてホッとしている自分がいるくら

いか。

自分にそのつもりがなければ心配いらない、なんて保証はないわけで。あいつにはあまり自分に近い所にいてほしくないというか、性的に汚染される気がするというか。つもりがあってもそうならない事もあるんだろうけど。

逆に、海王《シーロード》のセル鯨《ゲイ》さんなんかは従者になってほしいくらいだ。でも、お互い思うところもあって、契約には至らなかった。

従者として迎えるって事は、少なからず彼らの種族と切り離す結果になってしまう。

容姿も僕に引っ張られて人型になっちゃうみたいだし。

あの人は海王族と、今となっては亜空の海の柱だ。一時的に僕と行動する程度ならともかく、契約を結び、〝僕の従者〟にするのは少し気が引けた。

セル鯨さんも契約をして立場を定めるよりも、海の民のひとまずの代表として――あくまで亜空の住民として、僕に従う形がいいと言っていた。

海王の長であり、海の管理者さえこなせる彼は、実力的に言っても立場的に言っても、僕の従者なんて勿体《もったい》ないくらいだ。だからこそ、近くでその姿を見て勉強したくもあったんだけどね。

そういえば、女神の世界の海には管理する上位竜は存在しなかった。

水にまつわる上位竜といえば、蜃《しん》やリュカがそれに当たるが、どちらも海との関わりはない。

そして海王族は、聞く限り太古から存在する海の強者。上位竜の代わりにいるんじゃないか、なんて深読みしてしまうような種族だよな、海王族って。

「真様。何をお考えですか？」

契約の儀式のために描かれた陣の中、僕の正面に立つトウダが話しかけてきた。気が抜けていたのを見抜かれたかな。

見慣れた赤色の光に包まれた僕らは、光が収まるのを待っている。

儀式といっても、僕らの場合、当事者が何かする事はない。巴達がさくっと進めてくれているからだ。

最初に契約した巴の時はあいつ任せだったし、次の澪の時は僕が意識不明。識の時は巴と澪が使用済みの指輪を識に混ぜ込もうと企《たくら》んでいたから、一切手を出していない。

契約に関しては本当に何もしてないな、僕って。

相当古くて強力な契約儀式で、最先端の契約関係の魔術と比較すると穴も多い代わりに強固だとか？　うん、よく分かってない。

「いや。従者を増やすのも久々だなあってね」

「そのご決断を真様が後悔される事のないよう、公私にわたり何事においても全力で支えとなる事を誓《ちか》います」

「ありがとう」

まるで結婚の誓いでも聞いているみたいな気分になる言い方だ。

……。

それにしても、トウダの言葉はどれをとっても僕の中に素直《すなお》に入ってこない。

疑い深くなっているのかな。

支配の契約を結べば滅多《めった》な事はできない。僕がそれを望んでいる以上、凶悪な企《くわだ》ては不可能だと思っているんだけど……安心しきれないのかもな。

ただ、今回は僕自身それをある程度納得して彼女を迎え入れるつもりでいる。もちろん防衛戦力として期待もしてはいる。

疑う。

……そう、疑う、だ。

自分で気付いてしまった以上、見て見ぬふりはできない。

それでも儀式は進み、いよいよ契約も終わりだ。

儀式の赤い光が、向かい合う僕とトウダの間にも壁のように出現してきた。

問題なく終了する兆《きざ》し、いつも通りの進行。

さて、トウダはどんな姿になるのかね。元々人型だし、見た目はそう変わらないと勝手に推測している。これが支配の契約である以上、まさか人型じゃなくなるって事はないだろうしな。

変化の必要がない僕のいる方から先に、光が収まっていく。

「……」

僕はそのままトウダを包む光が収まるのを静かに待つ。

彼女の名前は、桜《さくら》にしようと思っている。

安易だけど、桜のある神社にいて花見をする日に契約したのだから、それでいいかなって。

やがて光が収束すると、目の前に全裸のトウダがうずくまっていた。今までの例から予想していた通りだな。

トウダはゆっくりと顔を上げて呟《つぶや》く。

「これが、私の新しい体……」

彼女の黒かった髪の色は、鮮やかな金髪に変化していた。

肌は日焼け……いや、地から褐色《かっしょく》なのか、森鬼《もりおに》に近い色になっているな。

これまでとのギャップが凄《すご》い。

彼女は火を得意としていると言っていたけど、そのせいなのか、瞳は暗い赤。

結構意外な変化だった。

でもなんだ、他にも何かが……。

無造作《むぞうさ》に立ち上がったトウダは自分の両手を見つめ、次いで肢体に視線を移していく。

そうか、若いんだ。

見た目の年齢にあまり意味はなさそうだけど、さっきまでのトウダは僕よりも結構年上に見えた。

そう、二十代半ばくらいに感じた。

なのに、今の彼女は十代半ばから後半の、いかにも瑞々《みずみず》しい肉体を晒《さら》している。

この世界で培《つちか》った僕の美人外見年齢指標（全裸版）によると、二十歳に届いてないのは間違いない。

……ああ、なんていうか、こういうのも見慣れるんだな。

全裸のトウダを真正面から見ても動じない自分に、少し感動した。

「気分はどう？　問題はない？」

トウダはどこか悪戯《いたずら》っぽく笑いながら返事をする。

「真様……素晴らしい気分です。支配の契約でここまで力が上がるとは思ってもみませんでした。この力で真様に再度挑《いど》みたいという願いが永遠に叶わなくなったのは、残念ですが」

支配の契約があるからなあ。

たとえ僕が許可したとしても、僕に向けて全力で攻撃するのは難しいらしい。

巴達もよくボヤいている。全力でやれればもう少し保《も》つし、やりようもあるのに、って。

今のトウダもそんな気分なんだろうか。

巴と澪は、トウダの変化を冷静に観察している。

「若返り。識の例もあるから、おかしな事でもないですな」

「〝骨《リッチ》〟から人になるんですもの。見た目が小娘になるくらい、さした変化でもないでしょう」

巴は少し嬉《うれ》しそうだな。

そりゃそうか。澪の時は自分も黒髪になりたかったって、嫉妬《しっと》していたからな。

そして識は、何気《なにげ》に僕と同じ事を考えていたのか、まじまじとトウダを見つめながら短く呟く。

「流石《さすが》に人型から逸脱するまではありませんでしたね」

トウダは自分の姿を確認して、何度か頷《うなず》いた後に、呪文を呟いて巫女衣装を纏《まと》った。

早着替えの魔術なんてあるのか。便利だな。

「では真様。私に名前を頂きたく存じます」

「ああ。トウダの新しい名前は、さ……」

桜、と言おうとして何故か僕は言い留まった。

突然、違う名前が閃《ひらめ》いたからだ。

どうする?

「?」

トウダが首を傾《かし》げている。

いや。桜は駄目《だめ》だ。僕がもう違和感を抱いてしまっている。

どういう訳かもっとしっくりくる名前を思い付いてしまったんだから。

「若?」

「若様?」

巴と澪も、言《い》い淀《よど》んだ僕を心配そうに見つめる。

「ごめん。新しい名前は、環《たまき》、だ」

「たまき……ですか」

「うん。改めてよろしく」

どうしていきなり環なんて浮かんだんだろう。

知人でもそんな名前の人は一人もいないんだけどな。

「はい。真様、先輩の皆様。今日この時から私は環です。よろしくお願い申し上げます」

トウダ改め環は、深々と頭を下げる。

僕の新しい従者。

だけど、僕にとって巴達とは明らかに意味合いの違う従者だ。

「……じゃあ巴。後は任せるね」

「は、亜空の掟《おきて》をしっかり教えておきましょう。こやつも使う事になるでしょうから、霧の門についても――」

「それは、亜空内の移動に関してだけでいいから」

「と、仰《おっしゃ》いますと？　若？」

巴の質問には答えず、軽く手を振るだけで背を向ける。

「ちょっと、出かけてくる。すぐに戻るよ」

そう伝えて、僕はその場から消えた。

一度部屋に転移して、適当に準備をしてから荒野に出た。

『絶野《ぜつや》』と呼ばれたベースのあった場所の近くに移動した僕は、そのままある方向を目指してずっと跳んだ。

この辺りの魔物は手を出していい相手かどうかをある程度察知できる奴が多いせいか、無駄な戦いもなく、僕は一時間と経たずに目的の場所に辿《たど》り着《つ》いた。

「確かこの辺りだったなあ」

見渡す限り、代わり映えのしない赤茶けた大地がどこまでも続く景色。

僕の異世界生活の、始まりの場所だ。

本当に、面白いほどに何もない。

そして、こんな世界の果てでさえ、今の僕はほんの短時間で来る事ができる。

その事実もなんだかおかしくて、笑えてきた。

「思えば、あっという間だったよな」

誰に聞かれる事もない独り言。

異世界に来て、上位竜の蜃や災害《さいがい》の黒蜘蛛《くろぐも》に襲われて、いつの間にか二人とも従者になっていて、亜空なんてものまで手に入って……。

変わらないとって何度か思いながらも、自分の根底は変える事なくここまで来た。

……つもりだった。

でも、僕は変わった。

いつの間にか変わっていた。

少なくとも日本にいた頃の僕とは、全く違う存在になった。

敵対して、命を狙われたら、反撃するのは仕方がない事だし、その結果相手の命を奪ってしまっても仕方がない。

その程度の考えはまだ普通だ。

今の僕は違う。

命のやり取りが呼吸みたいに自然な事に思えている。

最初は、確かに殺意を向けてくる相手に対してだけだったはずなのに。

少し前には戦う意思を持って戦場にいる者全て。

そして今は、およそ生まれた命全部。

奪ったり奪われたりするのは、自然の流れだと思ってしまっている。

ヒューマンも亜人も、生きているだけで、生きていくだけで他の命を奪っているんだから。

冒険者が欲をかいて魔物に殺されるのも、街に魔物が流れ込んで住民が皆殺しになるのも、同じような事だとすら感じている。

日本で高校生をやっていた頃なら、ここまで命を軽く考えてはいなかった。

……と思う。

いつからだろう。

変異体がロッツガルドで暴れたあの時から？

それとも、女神の意思に逆らえずにリミア王国の王都で戦わされた時から？

魔族を含めて色んな国を訪問している時？

分からない。

もしかしたら、亜空で家畜として飼っている牛やら羊やらと話をしながらも、彼らを普通に食べられるようになった頃からかもしれない。

ただ、はっきりと自分の変質を感じたのは、リミアで響先輩《ひびきせんぱい》と話した少し後だ。

リミアで勇者をやっている音無響《おとなしひびき》先輩は、僕と同郷の、日本からの転移者だ。

彼女と話していく中で、戦いや命についての僕の考えが、恐らく兵士の大多数がするような割り切りとは全く違うものだと感じはじめた。もちろん先輩とも。

正直、今の僕は道徳というものが恐ろしく薄っぺらいと感じている。

人が群れで生きるための方便、あるいは弱者が考え抜いて作り出した強者を説得する道具。

怖い。

今まで正しいと感じてきたはずの道徳や生命観が、実は自分の深部には全く浸透《しんとう》していなかったような、異様な感覚がある。

だからなのか、最近僕自身、一人で考える機会が増えた気がする。

商会や亜空に関するあれこれは巴達に相談して色々決めるようにしているけど、自分の事だと話は別だ。

自分自身についてどうするかは、誰かに相談する事じゃない。

それは、僕が自分だけで決めるべきだ。

他者の意思は、それが誰のものであれ必要ない。

必要とするべきじゃない。

「殺しすぎたのが原因だとしたら、もう戻れるようなもんじゃないし、それは仕方ないんだろうなあ」

あまりにも殺しに慣れてしまった結果、呼吸と同じレベルでそれを身近に感じるって事なら、もう手遅れだ。僕は既にそうなってしまっているんだから。

「ま、普通に振舞《ふるま》えないわけじゃない。外面《そとづら》だけでも常識的な人間に見せるのも無理じゃないんだし、これはいいや」

たとえ命にどれほど価値を感じずとも、命は大事だという体《てい》でいる事はできる。

深く付き合う相手ならともかく、大抵の人と話す上ではボロは出ないだろう。

「問題はもう一つの方だよな。僕だけの問題じゃなくなるから、こっちの方がまずい」

自分について考えていくうちに気付いたもう一つの問題――それは、僕が〝あるもの〟から意図的に目を背《そむ》けてきたって事だ。

無意識にそうしてきた部分もあるし、意図的にそうしてきた部分もある。

要するに重症だ。

僕は……。

「悪意ってものから、逃げ続けていた」

他者から自分に向けられる悪意。

世の中に遍在《へんざい》する悪意。

日本でも、異世界でも、僕はそれらから逃げ続けてきた。

向きあうくらいなら、思考を放棄して騙《だま》される方を選んできた。

将来だって、漠然と師匠から道場を引き継いで、僕自身の弓の修練の傍《かたわ》ら、習い事としての弓を教えて暮らしていければ――なんて考えていた。

結婚も、適当な年齢で誰かとして、って。

もちろん具体的な相手の像はない。

道場が無理そうなら、地元の役所で公務員とか、そんな漠然とした未来を思い描いていた。

出世を巡《めぐ》って同期と競争するなんてイメージできないし、僕には向いていないと思っていた。

政治がどうこうなんて考えても変えられるものじゃないから、知るだけ無駄、見るだけ無駄。

考える意味もないし、天才でも秀才でもない僕がやる事じゃないって思ってきた。

弓と趣味があれば、人生それで良かった……これに尽きる。

それは、異世界に来てからも変わらなかった。

最初はただ難しい問題から逃げているだけかと思ったけど、世界の歴史とか魔術の仕組みとか、そういうものには取り組めたから、違うんだろう。

冒険者、あるいは商人の悪意、欲が前面に出ているこの世界だと、そんな企みを向けられたり、直接関わったりした事も一度や二度じゃない。

その度に僕は、対策はしても問題の根元は放置するような中途半端《ちゅうとはんぱ》な対応をしてきた。

もしくは巴達に任せるとか。

ツィーゲの大商人レンブラントさんの家族が『呪病《じゅびょう》』に侵された時は凄《すさ》まじい憎しみの片鱗《へんりん》を垣《かい》間見《まみ》たけど、あれだって元凶についてはあんまり気にしていない。

それよりも、僕にとっては『呪病』という存在そのものがおぞましかった。

そんなものに侵されて死ぬ人がいるなんて冗談じゃない、って思っただけだ。

子供の頃の僕は病院がセカンドハウスの虚弱児《きょじゃくじ》だったから、理不尽《りふじん》な病気――それも人為的な代物《しろもの》が誰かを不幸にしようとしているのが許せなく感じたんだ。

ロッツガルドで変異体と化したイルムガンドが暴れた時なんかは、まともに相手をしなかった。

頭のおかしな奴に言いがかりをつけられたようなものだし。

脅威《きょうい》にならない相手がそれでも刃向かってくるなら、反射で対処しようってなもんで、背景には目を向けなかった。

だってさ、そんなドロドロした気持ち悪いものに、誰だって触りたくないだろ？

できるなら知らずに過ごしたい。

もっと早く僕が決意していたら、色んな結末が変わったのだろうか。

そんな下らない考えを抱いてしまったりもする。

たられればがどのくらい無意味なものか、それもこの世界に来てよく理解したはずなのに。

「トウダ――環が僕に向けたあの目は、悪意、に似てた」

複雑な色の感情だった。

悪意といっても、それだけじゃなかったとも思う。

畏怖《いふ》や好意も確かにあったから。

でも、確かに悪意もあった。

あの妙な雰囲気《ふんいき》というか、重圧も、思い返せば女神に無茶を言われた時や、魔将ロナや魔王ゼフと初めて会った時の感覚に似ている気がする。

そう、何かを押し殺した目でもあった。

とにかく、重っ苦しくてしんどい目。

あれをとうとう亜空でも見てしまった時、思ったんだ。

もう駄目だなって。

「……だから、環は亜空から出さない。あいつは亜空を死守する従者になってもらう」

これなら僕への悪意はそんなに問題にならない。

契約も結んだしね。

普段から神社と他の神殿を管理してもらうんだから、一石二鳥でもある。

そして、僕がこれから勉強して力をつけて乗り越えなくちゃいけない最初のハードルになってもらう事にした。

「……じゃ、行くか」

始まりの場所で、僕は一つ決心をした。

◇◆◇◆◇

巴達に半ば無理矢理に戦いの舞台に上がらされた割には、確かな殺気を放って僕に襲い掛かってきた女性——環は今、宴《うたげ》の場を所狭《ところせま》しと駆け回っていた。

挨拶《あいさつ》がてら酌《しゃく》を交わし、この場に集まった亜空のみんなと歓談に励《はげ》んでいる。

契約を終えてまだ間もない新しい体だというのに、精力的なものだ。

新参者だと何度か自分でも言っていたからか、殺気とは無縁の物腰柔らか低姿勢な振舞いに徹している。

まあ、あれは戦い……というか、試験だったけど、ついこの間刃を交えていたとは思えない変わり身だ。

ああいうの、サバサバしているっていうんだろうか。

何か違う気がする。

――というわけで、環と契約してからしばらく。

僕らは広々とした出来立ての境内《けいだい》で、今まさにお花見の真っ最中。

飲めや歌えのどんちゃん騒《さわ》ぎが場を満たしている。

最初、神を奉《まつ》る神殿で飲み食いした挙句《あげく》、大騒ぎしていいものかと遠慮がちだった住民達も、花見が始まってしばらくした今は、存分に楽しんでいるみたいだ。

色々説明をしたのも功を奏したんだろう。

ただ……第一回となる今回のお花見には、海に住むいくつかの種族は参加できなかった。

理由は時間と地理的なもの。

ここは海からそこまで遠くないとはいえ、直《じか》に面しているわけでもない。

かと言って神社は移動させられない。

解決策を見つけるまで延期しようかと思ったが、セル鯨さんが陸を削って海を広げる許可を求めてきた。で、数回先の花見からは是非みんなでやりましょう、という話に。

元魔王の子サリと海王が、とりあえず今回の花見に参加する種族とメンバーを決めてくれて、海の種族と陸の種族の共同工事が一つ決まった。

そのセル鯨さんも、今は酒を飲んで飯を食って、陸と海の隔《へだ》てなく花見を楽しんでいる。

……やっぱり、あの人はセル鯨〝さん〟だなあ、はは。

まったく、海を埋め立てる工事ならともかく海を広げるために陸を削る工事なんて滅多に聞かない。

僕が知る限り……運河を作る工事くらいか？

大海原で暮らしているだけあって、スケールがでかい。

他の海王も、宴を楽しんでくれているようだ。カニの人は踊りはじめているし、マグロの人はしみじみと桜と他の花を見つめてお猪口《ちょこ》で亜空産の日本酒をやっている。

ちなみにこの日本酒、巴曰《いわ》くまだ完成には至ってないらしいが、匂いは完全に日本酒のそれだ。

もう一人頑張ってくれたサリは最初僕の傍《そば》にいたけど、他を回ってくるように言ったら、素直に色んな種族の女性中心に声を掛けて、和《なご》やかに楽しんでいるようだ。

今も……って、あれ？　いない。

視線を巡らせてサリを捜《さが》す。

……おーい。

何故か木の枝の上でぐでーっとなっているサリを見つけた。

あ、ローレライの人に降ろされている。

ここには酒の種類も沢山あるしな。

あれだ、ちゃんぽんにして酔っ払ったんだろう。

介抱《かいほう》してくれる人もいるようだから、僕が行くまでもない。

巴は僕の傍で遠慮なくあぐらをかいている。

「大らかで寛大《かんだい》な神々、ですか。確かに江戸でも神社は縁日、祭りの場所として人が集まる場所となっておりましたな。流石に理解し難い部分ではありましたが、やってみてこの目で見て、ようやっとなんとなく分かってきた気がします」

意外にも巴はあまり騒ぐ方ではなく、しみじみやるのが好きみたいだ。

まあ、お花見なんてそんなものだ。

花は騒ぐ言い訳でしかない人もいれば、本気で花を楽しむ人もいる。

酒が第一な人もいれば、屋台の軽食をはしごするのが好きな人もいる。

昼が良いって人もいれば、夜が良いって人もいる。

だからといって喧嘩《けんか》するわけではなく、人それぞれで楽しむものだと思う。

他人の楽しみ方を邪魔しない範囲で、好きにやればいいよね。

「昔の人も今の人も、別に神様を軽んじて騒いでいるわけじゃないからね。根っこに敬《うやま》う気持ちを持ってさえいれば、自然と行いはおかしなものにはならないんじゃないかな」

と、僕は思う。

奇祭と呼ばれるものも沢山あるけど、だからといって神様を馬鹿《ばか》にしたりはしない。騒いでも、暴動とは違う。

もちろん、神様への敬意ってだけではなく、また次の祭りまで頑張るっていう、一年のモチベーションみたいなものになっている部分だってあるだろう。

僕は、そういうのをひっくるめて、お祭りや神社での催《もよお》しってものが好きだ。

だからそれが、花見という多少例外的な楽しみ方とはいえ、亜空でもできて嬉しい。

この調子で例大祭や季節の祭りも生まれてくれたら、言う事はない。

既に陸からも海からも、この神社に誰でもすぐに来られるように門を繋《つな》げるのも決定事項だ。

僕はただ気軽に参拝してほしいんであって、いくら信心からの参拝といっても、昔の伊勢参りみたいに厳しい道中で死人が出たり行方不明になったりはしてほしくない。

亜空の巡礼に命の危険はいりません。

それでも直接のルートも欲しいという海の皆さんからのリクエストで、陸を削る工事をＯＫしたんだけどね！

「管理する者もいて、これだけ広々とした場所ならば、子供に習い事をさせるのにも使えるかもしれませんしな」

境内を見回しながら、巴がしみじみ呟いた。

「僕としては、習い事とまでいかなくても単純に遊び場の一つになってくれたら嬉しいかな」

「はい。なんにせよ、良いものを贈ってくださった神々に感謝ですな。儂《わし》は……こういう祭りが好きです」

「ああ。僕もだ」

「……ふぅむ」

突然、巴が何やら真剣な顔で唸《うな》りはじめた。

「どした？」

「事実に沿うなら手習所《てならいどころ》、時代劇に沿うなら寺子屋……これは、悩ましい……はっ、時代考証とはこの事か！」

「……はいはい」

再び杯《さかずき》を呷《あお》る巴は満足げだ。

ペースはなかなか速い。

巫女さんを巡ってどうにも刺々《とげとげ》しい雰囲気だったけど、今はそんな素振《そぶ》りもない。

同じくそんな様子だった澪も、基本的には僕の傍にいるものの、いくつか試しに出された屋台を回って、時々食べ物を持ってきてくれている。

そんな澪の様子を眺《なが》めながら、巴がまた杯を空ける。

「澪の奴は……とことん屋台を楽しんどりますな」

「ま、楽しそうだから良しとしよう」

屋台自体は既に亜空ランキングの試合会場とかでも出していて、こっちのみんなにもお馴染《なじ》みだ。

最初に花見用に持ち込んだ重箱の数々だけで食べきれるか不安な量だというのに、容赦《ようしゃ》がない。

結構食べているつもりが、むしろ最初よりも増えている気さえするのも、多分気のせいじゃないし。

重箱の数も計算と合わない気がするんだよな……。

軽やかに人ごみと酔っ払いをすり抜ける澪を見て、食べきるって選択肢は諦《あきら》める事にした。

限界までは頑張ろう。それでいいんだ、多分。

「若様」

声がした方を振り返ると、何故か大真面目な顔の識がいた。

「環の話にあった参拝の際に吸われる魔力について調べたのですが、基本的に健康を害するほどのものではありませんでした」

〝慣例〟という名の戦いが終わった後、僕は環から神社を含む三神殿について改めて詳しく話を聞いた。その中で出てきたのが、参拝、お参り、お祈り――まあ、要するに神様の前で手を合わせて祈る行為の副産物についてだった。

簡単に言えば、それらの行為をすると、自分の魔力を消費するらしい。ちょうど参拝でお賽銭《さいせん》を使うような感じだ。そんな事、僕は全然知らなかった。識も気になって調べてくれたみたいだけど……。

「識、今は仕事から離れていいから。大体それはトウ――環も、大丈夫だって言ってくれてたじゃない」

「しかし、やはり個人差があり、かつ一定ではないとなりますと、万が一を考えておくべきで……」

「うん、まあ。ありがとう。とりあえずさ、飲んで、食べなよ。それにせっかく咲かせてくれた色んな花を眺めるのも、なかなか良いものだよ？」

環は言葉通りに花を咲かせてくれた。

各種の趣《おもむき》が違う桜、それから夏や秋に咲くと思われるものも。

日本でも温室とかを使って相当環境を整えてようやく目にする事ができるだろう光景が、今境内と、それを覆う森に広がっている。

かなりの見応えだ。

好きな人はずっといられるんじゃないかな。

文字通りの百花繚乱《ひゃっかりょうらん》、草も木も季節を問わず咲き誇っているんだから。

しかし、識は真面目くさった顔で首を横に振る。

「いえ！　私としましてはこの地の植生と森の環境についての調査など、やりたい事が山積みですので」

「却下。花見をしなさい。お仕事終了」

「し、しかし」

「識が仕事を始めちゃうと、他の人までやりだしかねないでしょ。だから今日はお休み。参拝の件だけで十分すぎるよ」

「……分かりました」

うーん、分かっていなそうだ。識って仕事中毒なところがあるよな。

主《あるじ》である僕も睡眠よりも優先してやっている事が沢山あるから、自分が休むわけにはいかない、というのが彼の言い分だ。

僕の場合は、日課については余程の事がない限り必ず毎日やりはするけど……それは仕事中毒とは違う。仕事が終わらなくて睡眠時間が削られるのは、不本意ながら要領が悪いだけ。実力不足なだけで、目をキラキラさせて取り組んでいるわけじゃない。

識が言う〝大丈夫です〟〝手が空いてます〟ってのは、言葉のままに受け取ると危険だって、最近なんとなく分かってきた。

これまたタチが悪いというか、類は友を呼ぶというか。

識の部下とか、彼と関わりが深い人達は、結構同じような気質を持っている。

巴や澪と違って、元々ヒューマンだっていうのも大きいのかもしれない。

寝るのが気持ちよくなったらしい巴と澪とは違って、識は元々寝るのが好きじゃなかったみたいだから。

リッチになってから眠らなくてよくなって歓喜したと、以前言っていた。

残念ながら、僕と契約して人の体を得ても何故か眠らなくてよい体質——いや、能力？　はそのままみたい。

一応、職場が同じなんだから、特殊な体質はある程度控《ひか》えてもらいたくもある。

識は渋々といった様子で大人しく花見をしているようだが、三十分続くか不安になるな、彼の場合。

「環、参拝についていいかな？　個人差があるとか、一定量じゃない件とか、細かいところまでは僕は聞いてないけど、問題になるような事は起きないんだよね？」

「もちろんです。もっとも、何事にも例外はございますが。魔力消費の個人差につきましては、参拝の際に器《うつわ》に奉《ほう》ぜられる魔力が、基本的に割合で決まるものだから生じるのです。万ある者からは百、百ある者からは一、といった具合ですね。実際、普通の参拝では一パーセントも捧《ささ》げられる事はありません。百回お参りしても疲れはするでしょうが、魔力切れで昏倒《こんとう》する心配はいりませんので、ご安心ください」

環は積極的に住民達と接触していた。

オークやエルダードワーフ、ミスティオリザード、アルケー、翼人《よくじん》、ゴルゴン、奔放《ほんぽう》な妖精アルエレメラに、その他諸々……。

片《かた》っ端《ぱし》から挨拶して回っているのに、僕が呼べば今みたいに即座に近くに現れて答えてくれるから、若干不思議だ。

実に社交的な人だ。

これなら商会関連でも優秀だろうから、僕が考えている彼女の役割からすると配置ミスな気がしないでもない。

ただ僕は、有能だけど条件が合えばヘッドハンティングに応じる人よりも、そこそこの能力でも最後まで一緒に働いてくれる人を求めている。

自分が必要とする人の条件ってそれなんだなあと、最近ようやく気付いた。

昭和の会社が従業員に求めたもので、今の考え方からすれば古いんだろうとも思う。

それでも僕は、年功序列はともかく終身雇用は確実に実践しようと思っている。

企業城下町――生活する上での全てを、できうる限り僕らが満たして、従業員に報《むく》いるというやり方。それをクズノハ商会で体現したい。

それで僕は、環の本質は前者のヘッドハンティングに応じるタイプじゃないかと思っている。

まあ彼女の事は置いておいても、企業城下町的な仕組みを作りたいっていう考えは、この世界で何度か感じていたものへの、僕なりの一つの答えかもしれない。

国民、領民なんだから自分達の好き勝手に使い潰すのが当然、ってのはちょっとね。

――っと、思考が逸れた。

「割合で決まるとすると、僕なんかは結構捧げる事になるのか」

「はい。ですがそれを全く負荷と感じておいでではないはずです」

「確かにね。最初に参拝した時も特に何も感じなかったし」

「その程度の微々たる魔力だとお考えください」

「なら、一定量じゃないっていうのは？　それにさっき言った例外も気になる」

「答えは同じものになります。あまりに強く、一心に願い、それをたとえば日に何回も、何年も続けると、場合によっては命にかかわる影響が出かねません」

「あまりに強く、一心に……」

「ええ、強く願えば多少多く魔力を捧げる事になりますので。ただ、この亜空においての神社の立場を考えれば、恐らくありえないと思います」

強く、そしてそれを継続的に行えば、の話か。確かに、今の亜空だと考えにくいケースだ。

「そうだね、確かに今のところ心配なさそうだ」

「はい。影響と言いましても、たとえるならば、誰かを呪い殺さんと一心不乱に丑《うし》の刻参《こくまい》りに通った結果、当人も心身を病《や》む――そういうものだと思っていただければ」

「滅多にある事じゃないね、うん」

みんなには、参拝について自分の今の目標を神様に伝えるものだと教えている。

目に見えない神様に、自分の誓いを表明する。

叶えてくださいお願いします、じゃなくて、自分はこれを目指して頑張っているから、十分な成果が出るように見守ってください、って感じ。

　成果に繋がったらまた訪れて感謝し、次の誓いを立てる。

　女神に対して持っていた神様観とは違う、身近だけど触れられない、そんな神様との付き合い方をしてほしいと思っての事だ。

　呪うとかは……あんまりやってもらいたくはないなぁ。

「私もそう考えております。識さんの不安ももっともですから、十分に調査していただいて結構です、とお伝えしてありますが」

「みんなから捧げられた魔力は器に集まるんだよね？　この前見せてもらったあの珠《たま》が、御神体になるって事でいいの？」

　環が魔力を蓄える器として見せてくれたのが、透明な真球の珠二つと、中に多色の光が揺らいでいる珠一つ。

　透明なのはお寺とパルテノンのもので、光が中にあるのが神社のもの。

　珠の中の光は僕らの魔力だ。

　御神体が全部同じ珠ってのが少し気になってはいた。御神体みたいなものは、その有無も含めて、それぞれの宗教によって違うものじゃないのかと思っていたからだ。

「御神体ですか。ん、そのような解釈で問題ありませんが、厳密に申し上げるなら、御神体の卵といったところでしょうか。あの珠は、魔力が蓄積されていくうちに具体的な物へと変容していきますから」

「……へえ」

流石、特殊仕様の神社だけある。御神体も生まれる前なのか。

まあ、それもありか。

大体、参拝で魔力を吸われる仕様からして普通じゃないもんな。

「……ちなみに真様。神への祈りで魔力を捧げるのは、地球でも同様です。むしろこの形式をとっていない世界は極めて稀《まれ》です」

「ええ⁉」

心を読まれた――じゃなくて、万国共通仕様⁉

んなわけあるか！

「あー、いくらなんでもそれは嘘でしょ。向こうで参拝しててもそんな感覚……」

「魔力そのものをほとんどの人間が認識できないのですから、当然です。使えもせず感じる事も観測する事もできぬものをごく少量失ったとしても、人間に害などありませんしね。翌日どころか半日も経たずに回復している量です」

マジか。確かに魔力なんて日本で意識した事はなかったけど、神社に行く度に魔力を少しずつ神様に捧げていたのか……。

いや、お寺もか。

それに、教会も？

あ、教会は一回も行った事がなかったな。

「なんだろう、知られざる世の裏側を見た気がする」

「いずれ遥《はる》かな未来にでも、地球で魔力が測定可能になれば、立証されるかもしれませんね」

「……うーん」

「と、そのような話は置いておきまして。御神体については、そう遠くないうちに一応の形にはなるかと思われます。真様の魔力だけでも膨大《ぼうだい》ですから。それでも完成となりますと、長い時間が必要になるでしょう。何か変化がありましたら報告いたしますので、今は漠然と楽しみにしていていただければ」

「分かった」

「では、また住民の皆様と真様の話をして参りますね」

「僕の話なんかより——」

「うふふふ」

不敵な微笑とともに環の姿が消えた。

お、ゴルゴンさん達のところに出現したな。

女性しかいない種族のゴルゴンと僕の話って……悪い予感しかしない。多分フルスイングのガールズトークが展開するんだろうから、とても聞きたいとは思わない。

女性だけの話というのはあれで結構えぐい。男にとっては、間違いなく聞かない方が幸せだって断言できる。

僕も姉と妹がいる身だから、自分の家で――しかも部屋にいる時でさえ、稀にその欠片《かけら》が聞こえてくる。だから、どんな感じか分かるんだけどさ。

環はきっと何事もなくゴルゴンにも適応して会話を楽しむだろう。

よし、僕はこれ以上向こうを気にしないようにしよう。

宴の会場を見渡せば、だんだんと酔い潰れて動かなくなってきている者も増えてきている。

……宴もたけなわ、か。

こっちに来てから色んな国に行って、色んな人に会った。その上で、やっぱり僕はここが一番良いと感じる。皆姿かたちは違うから、ぱっと見た感じは混沌《こんとん》そのものなんだけど……ね。

この場所は、絶対に守らないと。

亜空は、僕が異世界に来てやってきた事の軌跡《きせき》そのものでもある。

そういう意味でも、今のこの景色は目に焼き付けておきたい。

「若様ー」

感傷に浸《ひた》る僕のところに、上機嫌な澪が小走りでやって来た。

「澪。もう食べ物は……って、ソレ何？」

彼女の〝荷物〟を見て、思わず目を見張る。

ソレも何もなく、識だ。

見間違えるわけもない。

でも、どうして識が澪に小脇に抱えられてぐったりしている？

「そう仰らずに、オークの者がやっていたのですが、この〝お楽しみホイル焼き〟は、なかなかの可能性を感じました。是非一度若様にもと思って」

「いや、澪。そっちは……ありがたくいただくけど、その識はどうしたの？」

「これですか？　装備を整えて何名かと森に入ろうと密談していましたので、落としておきました」

「落と……」

「せっかくのお花見だというのに、この上なく無粋《ぶすい》ですわ。巴さんと環と話して、これほど盛大にとはいかなくても、定期的に縁日をやろうと日取りの相談などもしておりましたのに、識ときたら」

「まあ、確かに無粋だね、うん……」

落とすのはどうかと思うけど。

それに、祭りと縁日は神社には付き物とはいえ、もう縁日の話をしているとか、凄いな。

巴も、いつの間にかゴルゴンの方にいる環と一緒に飲んでいるし。

ついさっきまで、澪もあそこにいたのか。

で、何やら森に行こうとしている識が視界に入った、と。

社寺林《しゃじりん》に入るなら一応環にも許可を……ん？

いや、ここの場合は僕がＯＫ出せばそれでいいのか？

「その辺に転がしておいても皆も迷惑でしょうから、スペースがあるここに持ってきました。目につかない所に投げておきます」

投げるか。

それって、どこかの方言じゃ捨てるって意味もあるよね――じゃなくて、投げるな。

当然、捨てるのも駄目。

「いや、僕が預かるよ。横に寝かせておくから」

「そんな、若様の膝枕だなんて！」

しないよ！　誰が膝枕って言った。

無駄に動きにくくなるだけだし。

そうか、この様子だと、澪も大分飲んでいるな。

酒に飲まれはしないと信じているけど、多少のタガが緩むくらいはあるかもしれない。

「いや、ただ寝かせておくだけだから……」

「では、それは私が代わりに！」

聞いちゃいねえですよ。

これもここの日常だし、僕のやってきた事の軌跡でもあるんですけどね。

ああ、和むなあ。本当にありがたい。

亜空と、従者のみんなと、ここに住みたいと言ってくれた人達と。

守りたいと思ったさっきの気持ちが一層強まる。

そして、色々と向き合わなくちゃいけないって決意も。

「潮時《しおどき》、だったんだな」

「若様？」

ぽつりとこぼれた僕の声に、澪が反応した。

「や、なんでもないよ。澪、食べたいものまだかなりあるんだろ？　見回り、続けていいよ」

彼女の手元には空になった皿しかない。

「！　で、では若様の分も見繕《みつくろ》ってまいりますね！」

「うん、ありがとう」

待ちきれないといった様子で駆けていく澪と入れ替わるようにして、いつの間にか神出鬼没な四人目の従者が僕の傍にいた。

「本当に、従者と仲がよろしいんですね。私も早く皆様と同じ空気で接してもらえるように頑張ります」

「……環か」

今は探索の界も展開してないとはいえ、本当に唐突に現れる。

「はい。ただいま戻りました」

「おかげ様で花見を楽しませてもらっているよ」

「それは良うございました。花達も喜んでいる事かと」

「……そういえば」

「？」

ふと疑問が湧《わ》き上《あ》がってきた。

別に躊躇《ためら》うような事でもないし、聞いちゃうか。

「どうしてここにはソメイヨシノがないの？　他の桜は普段見ない種類まで揃っているみたいなのにさ」

「かの桜が、種子ではほとんどまともに育たないのはご存知でしょうか？」

「もちろん。専門的な知識があるわけじゃないけどね。だから接《つ》ぎ木《き》で増やされていて、今目にしているのは全部クローンなんだよね？」

「はい。と言いますのも、かのソメイヨシノは、実はとある姫神と人間の間に成された契約によって生まれた奇跡の桜。故に、この亜空には存在しえないのです」

「⁉」

何か、凄い事を言い出したぞ⁉

姫神って……やっぱり日本の神様、だろうな。

確かソメイヨシノは江戸時代に広まった園芸種って記憶がある。

となると、人間の方は当時の園芸家とか植木屋、造園職人なのかも。

おかしいなあ、字面だけなら同じ〝女神との契約〟なのに、片や異世界への片道切符ほぼ死ぬ仕様、片や後世日本中で愛される桜の象徴を生み出す栄達の道仕様とか。

……あれ、いや、待てよ？

あれほどの品種を作り出した人、広めた人なら、さぞ人生の春を謳歌《おうか》して大成功したものだと思い込んでいたけれど……名前、知らない。

現代の花見の代名詞でもある、日本中に植えられてみんなを楽しませている桜の生みの親なのに。

え……もしかして、何気にあちらの女神との契約でも人生茨《いばら》の道《みち》だったの？

「本来であれば彼一代の夢の花で終わるはずでございました。しかし、接ぎ木という抜け道を用いる事で奇跡は日本中に広まり……その後は若様もご存知の通り、皆に愛されるようになりました。もっとも、契約の更新が果たされたわけでもないので、延々と接ぎ木で増やすほかなく、先ほど仰られたようにクローンだらけという異様な状態が続いてきたのです」

「つ、つまりソメイヨシノは通常存在する桜ではなく、神様が絡んでいる特殊な樹で、それが理由で亜空には存在しないって事？」

「……ええ、まあ」

「何か隠してる？」

「まさか。詳しい話を細々としても長くて複雑なだけで、どうせ完全に理解できるはずもないのでめんど……ではなく、真様には退屈かと推察しただけです。大筋では合っておりますし、もう良いかな、と」

おお。どうやらこれまで僕が選んできた〝複雑で難しい話はスキップする〟を従者の側からしてくれたらしい。

うん、僕は随分《ずいぶん》乱暴な真似をしてきたな。

「……うん、ソメイヨシノがない理由はなんとなく理解できた」

「お力になれて何よりでした。少々不敬な事も申しましたので少しだけ補足しますと、姫神との契約は最近ようやく更新されまして、二代目が襲名しました」

「襲名？」

そして二代目とな。

「ええ、真なる意味での二代目桜守《さくらもり》でございます」

桜守ね。おぼろげに聞いたような気はする。

花守の一種だっけ。真なる意味ってのは謎だけども、確か桜の面倒を見たりしている人の事だっけ。

「――故にソメイヨシノには娘、息子にあたる新種が生まれておりますね。コマツオトメにジンダイアケボノ。日本では少しずつ寿命を迎えたソメイヨシノからこれらに植え替えられているとか。残念ながらどちらも亜空にはございませんが、その姫神より、真様にこちらを預かっております」

環が巫女装束《みこしょうぞく》の懐《ふところ》から微かな薄桜色の綿を差し出してきた。

丁重に綿のくるみを解《と》くと、そこには小さな種が一つ。

「これは、桜の種？」

話の流れから、まず間違いないだろう。

「はい。姫神よりソメイヨシノを愛してくれるのなら渡せ、と。純正なるソメイヨシノの種でございます」

「純正って言われても……」

「あ……ええ。そうですね、俗世の意味でなく……要するに、植えれば芽が出て育つ種でございます」

「……凄い代物じゃないか」

「はい、概念的に申し上げれば、世界で二本目のソメイヨシノです。接ぎ木を用いないのであれば、クローンならではの問題もあまり関係ありませんし、病害については亜空では心配いらないでしょう。ですからきっと、植えれば世界で一番長生きするソメイヨシノになりましょう」

よく、あの桜は短命だって言われる。確か四十年、五十年で枯れてしまうのも珍しくないんだとか。

樹木としては確かに短いように思える。

長生きしてくれるなら、八十年、百年生きてくれると嬉しいんだけどなあ。

世界で二本目、クローンじゃないソメイヨシノか。

「なら、境内に植えちゃおうか。基本的な管理は環に任せるよ」

色々知ってそうな雰囲気出しているし、適任じゃないかな。

一応、神社の境内にはこれ一本にして……うまく接ぎ木できそうなら街の方には何本か植えるのも良い。

「畏《かしこ》まりました。お任せくださいませ。せっかくですから、境内にてご神木として大事にお育ていたしますね」

環は真剣な表情で引き受けてくれた。

けれど彼女の目にはやはり、時折あの色がちらつく。

ああ、分かっている。

覚悟は決まっているさ。

そして初心忘れるべからず、だ。

僕が商人として出直すというのなら、師事すべき人はあの人しかいない。

しばらくはツィーゲに引き篭《こ》もる事になりそうだ。

最悪、ロッツガルド学園で僕が受け持っている講義の方は、識に任せる回が増えてしまいそうだけど、仕方ない。

そもそも僕の講義を初期から受けているジン達については、もう学生レベルを超えた実力を身に着けているわけで、他の講義に集中して見識を広めるのも良い事だと思う。

ロッツガルド学園では戦闘技術や魔法技術に秀《ひい》でている事が特に評価されはするけれど、商人や貴族向けの専門科目も多々あって幅広い分野の知識を得る事ができるんだから。

あくまで僕らが教えているのはその中の一部、戦闘技術でしかないんだ。

よし……じゃあやりますか。

僕自身のアップデートってのを！

2

辺境都市ツィーゲから世界の果てに挑む冒険者達には、大抵それぞれの目的がある。

金か力である事がほとんどだが、中にはそうではない者もいる。

たとえば、ツィーゲのトップランカーである女冒険者トアは、そんな変わり者の一人だ。

ヒューマンが荒野で築いたベースの中で最奥に位置するのは、かつて絶野と呼ばれた場所だが、彼女はそこで、一度人生に幕を降ろす直前まで追い詰められた経験がある。

そして、クズノハ商会代表ライドウこと真に救われた。

以後、彼女は拠点をツィーゲに戻した上で、新たに出会った仲間と共に荒野に挑み続けている。

「さ、行くぞ」

冒険者ギルドを出たばかりのトアの口から、小さな呟きがこぼれた。

ふとした独り言でもあり、決意の声でもあった。

いつもと同じようで絶対的に違う。

行くぞと呟いたトアは、運命に挑むかの如《ごと》き力強い目をしていた。

この街を拠点とする全ての冒険者が認め、憧《あこが》れるエースとなったトアと、彼女をリーダーとするパーティ『アルパイン』は、現在も精力的に荒野に入り、そして生還し続けている。

もう無茶な依頼を引き受けては文字通り〝冒険〟を繰り返していた彼女はいない。

妹のため、自分のため、仲間のため、そして依頼人のため。

とにかく生還を第一にしつつ、かつ己《おの》が胸に秘めた目的のために荒野に挑んでいる。

絶野での真との奇跡的な出会いは、彼女らにとって文字通りの転機となったわけだ。

トアを見かけた冒険者らが口々に彼女に声をかける。

「トアさん！　今度のは長いんすか！　どこ行くか教えてくださいよ、情報屋も掴《つか》んでないとか、気になるじゃないすか!!」

「トア姉！　この間はヘマした依頼引き継いでくれて助かりました！」

「お出かけですか。また新しい詩が作れますねぇ」

「お姉さま、抱いて！　一度でいいから！」

一部おかしな内容が交じっているのはいつもの事だ。

先ほどの決意の表情も瞳も、普段のふんわりとした笑顔で覆い隠し、人垣を割って相槌《あいづち》程度の受け答えで彼らをあしらっていくトアの様《さま》は、実に堂々としたものだ。

「ほら、トアさんが困っているでしょう！　皆さん、散る、散る！」

続いて冒険者ギルドから出てきた男性職員が、トアの帰路をサポートする。

こうした光景は、アルパインの誰かしらがギルドに来れば見慣れたものである。

パーティ全員が揃い、かつ完全武装などしてギルドに来た時など、ちょっとしたイベントだ。

ギルド前に屋台を連ねる露店商人らにとっては、嬉しい悲鳴が出るサプライズといったところか。

ちなみに、トアの妹であるリノンが絵の才能を発揮してアルパインの面々が勢揃いしたイラストを描いたものには、その枚数の少なさもあって結構なプレミアがついている。

リノンもまたアルパインの経理担当として、そして絵描きとして順調に彼女自身の道を歩んでいた。

「まったく……アルパインの皆さんの心を乱すような騒ぎは本当に控えてください。何せ今回はトビキリの未踏領域《みとうりょういき》の開拓……あ」

まるでアルパインに所属するただ一人の男性ハザルがするようなうっかりで、情報を漏らす職員。

その一言による衝撃は、あっという間にトアを見るために集まった人だかりに伝播《でんぱ》し、皆の目の色が変わる。

未踏領域の開拓——言葉通り、まだツィーゲが把握《はあく》していない地域への進出だ。

新しい情報、新しい物資、新しい魔物、新しい気候、新しい……。

荒野において未踏領域はまさに何が出るか分からないワンダーランドである。

期待値も危険度も振り切れている、一握りのエースにしか許されない紛《まぎ》れもない冒険。

更にアルパインには既に何度も未踏領域に挑み、無事に生還して地図を描き足してきた確かな実績がある。

その彼女達が、新たな未踏領域に挑む。

これが騒ぎにならないはずがない。

口が滑った冒険者ギルドの職員はもちろん、トアに憧れる冒険者も、彼らに武具を提供する職人も、生き馬の目を抜くこの街でチャンスを窺《うかが》う商人も、吟遊詩人も、多くのツィーゲっ子達も。

何週間か先にもたらされるであろう多くのニュースに思いを巡らせ、改めてトアの背に尊敬や畏《い》敬《けい》の念を向ける。

一方、後方で爆発した大騒ぎに状況を察したトアは、僅《わず》かに肩をすくめた。

（今回は未踏領域の探索予定といっても完全に私用なのよね……。間違った事は言っていないんだけど、補助金もらうの、少しだけ罪悪感あるわー）

だが、これも金庫番である妹から命じられた重要なパーティの仕事だったのだと割り切る。

私用——つまり、今回トアが荒野に挑む理由は、かつて彼女の先祖が荒野で失った短剣を捜すためだ。

特殊な材質の蒼《あお》い短剣。

それこそが、彼女が冒険者になった理由だ。

透き通るほどの透明度を持った特殊な石を素材とする短剣で、武器としても術の触媒《しょくばい》としても優れた性能を持つと、トアの家では伝えられていた。

刀身にも柄《え》にも精緻《せいち》な細工が施《ほどこ》されていて、神殿の儀礼にも使われていたらしい。

ただ、トア自身は実物を拝んだ事はない。

トアはそれだけの情報を頼りに、短剣を持って荒野に入り、そして遂に戻らなかった先祖の足跡を追い続けていた。

唯一の身内である妹リノンを連れて。

（あの頃の私は、思えば随分と刹那的《せつなてき》に生きてきたものね。ライドウさんに会わなければ終わっていた命だし。そうだ、もし無事に荒野から短剣を回収できたなら……この街で生きていくのも悪くないわね。家も買っちゃったもの）

ライドウに連れられてツィーゲに戻ったトアは、絶野で同じ境遇にあった数人とパーティを組んだ。

荒野を訪れた目的はそれぞれ違ったが、それを満たしてなお、全員がトアの目的に付き合ってくれていた。

ありがたい、とトアは思う。

だからもし目的が叶った後、皆が同じ気持ちなら、ツィーゲの冒険者としてこの街で生き、貢献《こうけん》していくのも悪くないと彼女は考えていた。

本来、パーティ単位であってもツィーゲの冒険者が家を持つのは珍しい。

何せ、明日我が身に何が起こるか分からない冒険者稼業である。

活動の拠点にするとしても、ほとんどは家を借りるか宿に長期滞在をするかの二択であり、それが常識でもある。

少なくとも家を買った時点で、トアとその仲間がツィーゲに良い感情を持っているのは間違いなかった。

「ただいまー」

家に、そしてまっすぐ自室に戻ったトアは、着心地重視の衣類を脱ぎ捨てる。

(行こう。今回は四週間。予備日を入れても三十日で街に戻る)

手馴れた様子で戦闘用の装備を身に纏っていく。

値を付けるなら一つ一つで家が数件買える愛用の武具を全て着用したトアは、既にまとめてある荷物を背負い、二階にある自身の部屋を出た。手早い。

彼女が吹き抜けから下を見ると、広く造られた玄関には既に仲間が揃っていた。

「今回は四週間だったね、準備はできているよ」

パーティ唯一の男性であり、支援や回復も担当している術師が、トアに気付いた。

「ハザル」

女神の祝福は男性よりも女性により有効に働くため、高レベルの冒険者や騎士には女性が多い傾向があった。

男性で高レベルのパーティにいる冒険者というのは、一昔前には考えられない事だったが、この十年ほどで大分状況も変わっている。

今では男性でも高ランク高レベルの冒険者として活躍している者も大勢いる。

女神の祝福に頼らないならば、冒険者の実力に男女の差別はないという証拠でもある。

ハザルの言葉に頷き、トアは階段を下りて彼らのもとへ辿り着いた。

「今度こそ見つかるとよいな！」

「ありがとう、ラニーナ」

続いてトアに声を掛けたのはドワーフの女性だ。

パーティで一番小柄ながら、がっしりとした体格をしている。装備品も重装備の戦士そのものであり、更に荷物も一番多く携行していた。

口調は大人びている——むしろ老人臭いというのに、少女のような顔立ちをしているのも印象的な女性だった。巴に憧れを持っているのか、最近は特に言動がじじ臭い。

「なに、エルダードワーフの村落の跡までは、ある程度の情報はある。それほど気負った顔をするな」

「ええ。クズノハ商会には本当に助けてもらっているわね」

彼女、ラニーナは大地の精霊を信仰する戦士であり、修練のためにこの地を訪れていた。

既に十分すぎるほどの修練を積み、いつでも故郷に帰れる身ではあるが、トアを助けるためにツィーゲに留まっている。

流通が盛んになり、活気に溢《あふ》れているツィーゲに集まってくる各地の酒も美食も彼女の目的ではあるものの、仲間思いの神官戦士である事は間違いない。

「薬も保存食もクズノハ製で調達済み。まあ現地調達が基本だけど〝潜る〟のに支障がない程度には、ね」

「ルイザ。悪いわね、森鬼の集落を見つけたのに、また付き合わせて」

携行品についてトアに報告したのはエルフの女性。

エルフの名に恥じぬスレンダーな長身で、背には弓矢を背負っている。

ヒューマンとは一定の距離をもって付き合いをするエルフには珍しく、実に親しみを込めた口調で話している。

しかも、犬猿の仲とも言われるドワーフの横でも、警戒も嫌悪もなく笑みを浮かべていた。

「あんな近くにあったなんて盲点だったけど、それもトア達の助けがなかったら達成できなかった。なら、その恩ある仲間を助けるのは当然の事。気にしないで」

「森鬼に関する報告はもう済んだの？」

「もちろん。ちょっと——何十年かこの街にいるとも、故郷には連絡済みよ。だから今回も次回もその次も当てにしてくれていい。貴方が冒険者である限り、ずっとね」

「……ありがとう」

ルイザの目的は、かつて進むべき道の違いから森を離れて荒野に消えたと言われる古きエルフ、森鬼の存在を確かめる事だった。

ツィーゲからそれほど遠くない場所で彼らの集落を見つけ、ルイザの目的は一応果たされていた。

それどころか、今のツィーゲにはクズノハ商会の従業員として、その森鬼が働いている。

つまり、もうルイザがツィーゲに留まる意味も、冒険者をやる意味もないのだが、それでも彼女は冒険者として活動し、トアと共にいる。刺激溢れるヒューマンの街での生活が魅力的なのかもしれないが、言葉通り友人であり仲間でもあるトアを助けるためという目的もある。

まだエルフとしては若く、ヒューマンや異種族との交わりを柔軟に考える事ができるルイザだからこその決断でもあった。

「お姉ちゃん、気を付けてね。私の事は心配しなくても大丈夫だから、安全第一で」

「当然。リノンを遺して死ねないもの。今の私はお姉ちゃんパワーを自在に使えるから大丈夫よ」

「お、おねえちゃんぱわー？」

「ライドウさんに教えてもらったの。リノンのためにも、軽ーく帰ってくるから、絵の勉強頑張りなさい。コモエちゃんと喧嘩しちゃ駄目よ」

コモエは巴の分体で、度々リノン達のもとを訪れている。

「コモエと喧嘩するわけないよ、親友だもん。それからこれ、ギルドから。目を通してほしい依頼だって。ついさっき届いたから、行き違いもあるかも。緊急のは断っておいたから」

今やトア達が住所を定めた事もあって、名指しの依頼や処理に困った案件については、ギルドの方が家に来るケースが多くなっていた。

トアの妹であるリノンも冒険者ギルド職員の対応にすっかり慣れ、実質トアパーティの優秀なマネージャーでもあった。

リノンから受け取った書面にさっと目を通すと、トアは改めて荷物を担《かつ》ぐ。

「ん。それじゃ、行ってきます」

「いってらっしゃい。帰りは一ヵ月後、だね」

「予定ではねー！」

四人の冒険者が歩き出す。

家を出て、レンブラント商会に間借りしているクズノハ商会の店舗に顔を見せてから荒野の門へ。それが今の彼女らの定番ルートだった。もちろん、別に依頼を受けて荒野に入る時は、必要に応じてルートも変わる。

「こんにちはー‼」

「おお、トア。今日出発か」

クズノハに顔を出したトア達の対応をするのはまず、エルダードワーフ——略してエルドワである事が多い。今回もそうだった。

「はい！　何か手伝える事があればと思って来たんですが」

一時期、巴と行動を共にしていた時を過ぎてから、トア達はほぼ自力で荒野の中を立ち回っている。

それでもなお、彼女達はクズノハ商会とライドウに深い恩を感じ、彼らに報いようと心に誓っていた。

荒野に出るたびに、何か力になれる事があればとクズノハ商会に顔を出したり、帰ってきたら何も頼まれなくても荒野で得た物や見聞きした事について話したり。

そして時には巴や澪にしごかれたり。

双方に益がある濃い関係を築いていた。

「特にはないな。若様もロッツガルドから外に出られていて、最近はお会いしていないし。……今回は我々が昔住んでいた村の更に奥を目指すんだったな？」

「ええ」

「気を付けてな。お前の求める短剣について、力になれんですまんが」

エルダードワーフが申し訳なさそうに頭を下げた。

「そんな。地理の情報をいただけただけでも物凄く感謝してます。お土産《みやげ》、期待しててくださいね」

「まったく、気を付けろとは言ったが、気を遣《つか》えとは言っとらんぞ？」

「クズノハ商会にはお世話になっていますから。ライドウさんがいなかったら、今の私達はありません」

「以前、若様が命を救った、だったか」

「それもありますけど、今の私達の荒野探索のスタイルもライドウさんのおかげで確立できたようなものなんです」

「……ああ、確か極地法《きょくちほう》とアルパインなんちゃらだったか」

エルダードワーフがうろ覚えで口にした言葉をトアが補足する。

「アルパインスタイルです」

「若様の国での登山の技法。そういえば、お前達は妙に興味深く聞いていたな」

以前、ライドウがツィーゲの店に顔を出した際、偶然トア達もそこに居合わせて、そんな話になったのを、エルダードワーフが思い出す。

何故ただ山の頂上を目指すためにそこまで技術を考えるのか。そんな疑問をドワーフの彼は抱いたが、口にせずただ話を聞いていた。

一方、トア達は途中から目の色を変えて話に没頭していて、彼には話の内容よりもそちらが印象的だった。

トアはうんうんと頷いて、当時の事を振り返る。

「登山にそこまで拘《こだわ》る国なんて聞いた事がなかったんですけど、あの考え方は荒野にもまるまる適用できるって思ったんです。考えてみれば荒野は、頂上がまるで見えない巨大な山みたいなものですからね」

「確か拠点を作りながら人員と物資を大量に投入し、最後は厳選したメンバーで頂上を目指すのが極地法」

「はい。それとは別に、個人の能力を重視して、登る時は一気に、速度重視で攻めるのがアルパインスタイルです」

「現状でのツィーゲにおける荒野探索は極地法的な手法がとられている事になるな」

「そうです。でも、その限界は見えています。せいぜい絶野までだと」

そこより先に物資を届け、ベースを維持していくだけの諸々が足りていないのだ。

絶野一つだけ見ても、維持するのにかかる経費は莫大《ばくだい》だ。

見返りとしてのまだ見ぬ素材には無限の可能性と浪漫《ロマン》はあるが、絶野クラスの深いベースの維持には確かに現実的とは言えない額が必要になる。

「では、トア達が採用したのはアルパインスタイルという事か？」

「はい。個人の力を重視し、装備を切り詰め、速度を重視するやり方には——ライドウさんも言ってましたけど、不測の事態に弱いっていう欠点があります。長期滞在にも向きませんしね」

「ふむ」

「でも。荒野にはそれなりに物資もありますし、食料になる魔物もそれなりにいます。それらの生息域を見極めながら現地調達主体で潜るなら、十分に有効なやり方なんじゃないかって思えて。長期滞在の点で言えば、今現在でもベースは存在するので、そこを利用する手もありますし」

「潜る？」

「私達最近、荒野に行くのを潜るって言うのに慣れちゃって。これも元々ライドウさんが使っていた言い方なんですけどね」

残念ながらこちらは真の現代登山知識でもなんでもなく、ただのゲームのノリである。

ダンジョンや狩りに行く時、ＭＭＯＲＰＧで友人が使っていた言葉を、彼もそのまま使うようになっただけだ。

「とにかく。個人の力を重視して常に集中しながら全力で進み、対処し、奥へ向かう。そして往復を分けて考えるんじゃなくて、戻るまでをセットで一本のルートだと思う事で、随分変わりました」

「知られざるトップランカーの意識、というやつかの？」

「そう言えば、気付いたらギルドのトップ４を、私達が占めていました。実感はあまりないんですけど」

純ヒーラーを持たない歪《いびつ》な構成ながら、アルパインは正真正銘のトップパーティだ。

通常構成メンバーは五人か六人に落ち着く事が多く、支援や回復の担い手で彼女達に加わりたいと手を挙げる冒険者は数え切れないが、何故か四人編制のままでいる。

「言いよる。だが、その意識なら油断はないか。潜るというなら、必ずツィーゲに息継ぎに戻れ。家族を泣かせるな」

「……はい！　それじゃ、行ってきます！」

頭を下げてクズノハ商会を後にしたトア達は、街を出て荒野を目指して消えた。

「やれやれ……ひよっこだと思っていたが、なかなかどうして。レベルも八百を超えて貫禄《かんろく》が付いてきたのかもしれぬな」

エルダードワーフの口から懐かしむような独白が漏れた。

◇◆◇◆◇

探索十一日目。

トア達は絶野よりも更に奥、エルダードワーフの住んでいた火山さえ越えて、とある山に辿り着いていた。

麓《ふもと》にあった朽《く》ちかけた門からしばらく先に進むと、山の内部に続く洞窟《どうくつ》があった。

その奥に入ったトア達は、広間で大きな牙や鱗《うろこ》が散らばっているのを発見する。

「ここ、竜の棲処《すみか》……？」

「これは……かなり力のある竜が住んでいたようね」

落ちていた古い牙を手に取って検分していたトアとルイザが、同じ結論に達した。

ラニーナとハザルも警戒を続けながら広間の奥を調べる。

「今は留守――いや、既に棲《す》んでいない、か。放棄されていると見るべきだろう」

「断言はできないけど、蜃のものの可能性、高いね。確かトアのご先祖が荒野に入った目的が蜃でしたよね？」

鱗や牙はどれも古く、生え変わりで自然に落ちたと思しき傷の少ないものばかりで、およそ〝戦闘の跡〟が窺えない場所だった。

たとえ古くても激しい戦闘があったなら、傷や破損などの痕跡《こんせき》がありそうだが、どこにもそんなものはなかった。

「戦闘は、なかった？　それとも、修繕《しゅうぜん》した？　いえ、上位竜がそんな事をするとも思えない。でも、この場所には長く棲んでいた気配があるし……」

ドラゴンのものとなると、その糞でさえ財産になると言われている。中でも上位竜の素材は、本当に体のどの部分であっても大金に化ける。

つまりトア達は今、宝の山にいると言えるだろう。

大量ではないとはいえ、明らかに上位竜のものらしき鱗や牙が落ちているのだから。

実際、そこに残っていたのは、巴――つまり蜃がここを引き払うために掃除をした後、どうでもいいかと打ち捨てたものばかりだった。しかし、竜の価値観と人の価値観は全く違う。蜃が捨てたかつての棲処は、冒険者にとっては煌《きら》めく黄金の山の如く見える。

トアはやや重い口調だったが、三人の仲間達は明らかに興奮していて、周りを警戒しながら鱗や牙を回収している。

「ツィーゲで調べてもらわん事には蜃のものかどうかははっきりしないが、一応の成果と言って良いんじゃないか、これは」

ラニーナがトアを見て言葉を待つ。

「……うん。しばらくはこの場所を中心に探索したいと思う。今回はまだ期間もあるから、もう少し……進めるだけ進んでみようと思うんだけど、いい？」

トアに問われたハザルとルイザは、揃って承諾の返事をする。

「もちろん。もし蜃ならこの牙一個でも黒字だし。たとえ違っても力ある竜には違いないから、十分です。消耗品もまだ余裕はあります。少し調合が必要だけど、ポーション類も問題ありません」

「ここを起点にするのは次回からね。了解」

誰もが無傷。

たった四人のパーティが蜃の棲処までやってきてまだ余力を残しているなど、数年前までは全く考えられない事だった。

これもクズノハ商会の存在がもたらした革新の一つだろう。

「ありがとう、みんな……。なら、今日はここで休んで明日からまた進もう」

明らかな手がかりになりそうな発見を得て、トアも明るい口調で方針を決める。

「待ってくれないか」

唐突に広間に声が響いた。

仲間の誰のものでもない声に、トア達の警戒が一気に高まる。

『――!?』

「よくここまで来てくれた」

洞窟の奥に広がる空間には、四人の他になんの気配もない。それは全員把握しているし、何度も確認している。しかし、間違いなく声は聞こえた。

四人の中で最初に声の主に気付いたのは、トアだった。

「そこ！」

トアが威嚇《いかく》のために放った投擲用《とうてきよう》ナイフは、狙い違《たが》わず声の主の足元に刺さる。

ナイフから生じた衝撃が声の主を襲い、その場〝全体〟がブレた。

露《あら》わになった人型の白い靄《もや》が言葉を紡《つむ》ぐ。

「敵意はないよ、冒険者殿」

「……何者？」

トアの警戒は薄れない。

四人とも既に臨戦態勢に入り、陣形を組み終えている。

「この地に住まう竜に挑み、散った者の残滓《ざんし》……とでも言おうか」

「っ！」

「こちらからも問おう。君達の目的は上位竜の屠か？」

驚きと警戒で絶句するトアに、白い靄は言葉を紡ぎ続ける。

「もしそうならば、かの竜は既にこの地になく、また荒野にもいない。探すのは不可能だろう」

「蜃を討伐《とうばつ》するつもりはないわ。上位竜に挑む気なんてない。私はただ、その竜に挑んだ先祖の遺品に用があるだけ」

「……それは本心かな？」

トアは偽《いつわ》りなく答えた。

「ええ」

トアは靄を正面から見つめて、深く頷く。彼女は竜殺しの名誉《めいよ》に興味はなかった。

「……信じよう。そして、ならば歓迎しよう冒険者達よ。どうか、我が朋《とも》らを弔《とむら》ってほしい」

「弔う……!?　あるのね!?　この近くに、蜃と交戦した場所が！」

「近くでもないが、確かにある。君達が我が願いを聞いてくれるなら、場所を教えよう」

「弔いをすればいいのね？　身元が分かる人の遺品を遺族に返すのも含まれるのかしら」

「そこまで丁重にする事はない。そも、我らは自ら竜に挑み殺された者。その死は自業自得《じごうじとく》である」

「……」

「だが、中にはそう思わぬ者もいた。残念ながらその者らはアンデッドになってしまっている。弔いとは言ったが、要はその者らを皆大地に還《かえ》してくれればそれでよい」

「アンデッド退治ってわけ？」

「相違ない。どうだろうか、報酬は先払いで、知りたがっているその場所を教える事、後払いの分は現地で君達自身で稼いでもらうだけになるが」

トアは三人の仲間に目配《めくば》せをして意思を確認する。

「……。望むところよ。その依頼、受けるわ」

精神を集中して靄の言葉に耳を澄《す》ましていた彼女は、熟考の末、怪しい依頼を受ける事にした。

「ありがとう。では我らが死んだその場所を教えよう。君達の到達を心から祈っている……」

靄は薄れ、消え去った。

直後、その背後の壁が一部崩れて、四角にくり抜かれた小さな空間が現れる。そこに丸められた紙切れが収まっていた。

「トア」

「うん、取ってくるね」

ハザルに促されたトアが頷く。罠《わな》を警戒しながら接近し、一通り周囲を調べてからようやく手を伸ばして、紙を手に入れた。

仲間のもとに戻った彼女が紙片を開くと、そこには周辺の地図が描かれていて、分かりやすいバツ印が一点記されている。

「ここなのね」

「……なんか、宝探しになってきたね。ベタだけど、燃えてくる」

ハザルが冷静を装《よそお》いながら言った。内容は冗談じみた言葉だが、彼の目は隠しきれぬ興奮で輝いている。砕けた口調で話すハザルは、身内でしか見られない中々レアな姿だ。

「縮尺が滅茶苦茶《めちゃくちゃ》だから、方向くらいしかあてにならない。焦《あせ》るとまずいかもね」

地図を確認したルイザが、忠告を口にした。

隣《となり》のラニーナも同意見らしく、しきりに頷いている。

「分かってる。まだ折り返しの予定日まで時間はあるけど、今回で辿り着けなくてもいい。慎重に行きましょう」

トアの冷静な言葉に、三人とも首を縦に振った。

——夜。

霧が話した内容の検分、地図の解釈、そしてトアの探す短剣の外見についてなど、作戦会議もそうでない事も話が尽きなかった。

トアにはようやく目標に向けて明確な一歩を踏み出せた、記念すべき日でもある。

彼女達にとって荒野でも指折りの長い夜になった。

◇◆◇◆◇

探索十六日目。

四人は全く予想外の事態に直面していた。

方向は確実に合っているのに、進展が何もないのだ。

進展どころか、〝本当に何もない〟日々に困惑していた。

そこは、ライドウこと深澄真が女神に放り出された場所の近く。彼が味わったように、トア達もまたその場所の洗礼を受けていた。

荒野は、一瞬後には何が起こるか分からない危険極まりない場所だ。

気候も滅茶苦茶だし、生き物はもっと滅茶苦茶だった。

自分達で周囲を掃討《そうとう》したり、結界を張ったりしない限り、基本的に気の休まる場所はない。

なのに、彼らが蜃の棲処らしき山から出て地図の印に向かってから五日の間、何も起こらなかったのだ。

気候は相変わらず厳しかったが、好戦的な生き物どころか生物そのものを見ない。

ただ赤茶けた乾いた大地に激しく風が舞うだけの不毛な空間。それだけの世界が続いていた。

長く荒野を探索してきたトア達にとっても、こんな〝異常な〟荒野は経験がない。

しかし、いくら何もないといっても、未踏の地ゆえに警戒は常に最大限に行い、ここまでよりも多少ペースを落として進行している。

最初から何もないと分かっている場所を進むのならペースは上がるし、気分も楽だ。

だが、ここは結果的に何もなかっただけ。警戒や探索をしながらの行軍の疲労は通常と同じだけ蓄積するし、ペースも上がらない。

折り返しの予定日を過ぎても少しの間粘《ねば》ってみたトア達だったが、そろそろ限界だった。

「……ここまでね。今回は、戻りましょう」

トアの宣言。

ルイザは淡々とその言葉を肯定し、ハザルは黙って頷くのみ。

「惜しいけど、まあ仕方ない。焦った結果がろくなもんじゃないのは身《み》に沁《し》みて分かってるし」

「……」

「次も同じなら、速度を上げて一気に距離を稼ぐのも考慮せんといかんな、これは」

次回の教訓を呟くラニーナを労《ねぎら》い、トアが肩を叩く。

「場所が大体分かっただけでも大収穫よ。次はアンデッド対策も含めて万全の備えをして来ましょう。ラニーナ、貴方に頼る場面がかなり増えると思う。準備も大変だけど……」

「アンデッドを面倒くさがるようじゃ、神官戦士の系譜《けいふ》にある者として失格よ。任せい、任せい！ドンと来いだ、トア！」

「ありがとう……みんな、今回はここまで！」

最後にもう一度折り返しを宣言し、トアは踵《きびす》を返す。

もっと進みたい気持ちが彼女の中に渦巻《うずま》いていたが、焦りは何も生まず、ただ奪うだけだと理解している。どれだけの冒険者がほんの少しの焦りで死んでいったか。トアは唇を噛《か》み締《し》めて気持ちを抑え込んだ。

（場所の手がかりは得た。最悪罠だとしても、今はそれに縋《すが》りたい。短剣《あれ》さえ手に入れられれば、私の目的も終わる。私が本当に〝冒険者〟として生きられる日も、もうすぐそこなんだから）

「あ、トア。一つ提案が」

決意を新たにするトアに、ハザルが地図を片手に声をかけた。

「ハザル？　何？」

「帰りなんですが、試験的な意味でも、この何もない所はできるだけ急いで飛ばしてみませんか？　帰りに絶野の跡地に寄っておきたいんです」

「……絶野？　それこそ何もないでしょ」

「ええ、でもあんな事があって壊滅したからか、絶野周辺もあまり魔物が寄り付きません。数日もらえれば、もしかしたら一時的な転移陣の復旧ならできるかもと思って」

「っ！　そっか、もし転移陣が使えれば」

ハザルの提案の意図に気付いたトアに続いて、ルイザとラニーナが同意を示す。

「全て転移陣を乗り継ぐか、術師を一時的に雇って転移すれば、次の探索は絶野から開始できる。やるじゃないハザル、良い発想だと思うわ」

「うむ。何せ全力で戦わにゃならんのが確定だからな。少しでも楽ができるなら、それに越した事はあるまいよ。是非試してみるべきだの」

トアにとって大きな進展のあった今回の探索。

この十六日後、彼女達は無事にツィーゲに戻った。

今回の探索でまたレベルを相当上げ、さらなる未踏領域『凪《なぎ》の嵐域《らんいき》』を発見したアルパインの名前は、更に売れる事になった。

3

一方その頃。

巴が亜空で識と数名の部下を伴ってテーブルを囲んでいた。

「花見の宴は良いもんじゃな。あれはまた近いうちにやりたい」

花見の高揚をまだ僅かに残しているのか、上機嫌の巴に、識が頷く。

「若様が仰っていた定番のサクラ（？）も、環がお社《やしろ》の境内に植えたとか。いずれ異世界の人々が最も愛した花というのも楽しめるかもしれませんね」

「ほぅ……ソメイヨシノか」

「ご存知でしたか、流石は巴殿」

「時代劇に桜は付き物、当然の嗜《たしな》みよ。なるほど、楽しみは増えるばかりか、ふふふ。花を愛で、風流を楽しむもよし、団子で腹を満たすもよし」

「確かに。五感で楽しむ宴というわけですか、奥深い」

「識よ、そんな事を言うておいて、お前は早速森に入ろうとしておったろうが？　澪が呆《あき》れてお前を小脇に抱えて戻ってきたのを覚えとるぞ？」

「……はは、お恥ずかしい。どうにも、あの環の存在が気になりまして」

巴に指摘され、識が苦笑しながら頭を掻《か》く。

二人は先日の花見を思い出して歓談していた。

同席している森鬼にハイランドオーク、それにゴルゴンは、事務仕事をしたり、連絡係として念話に意識を集中させたり、全力で己の仕事をこなしている。

「環、か。儂らと同じだと見るのはあまりに早計じゃな」

「はい。彼女は明らかに不審です。あのタイミングであればあわよくばと、森の調査を試みましたが……」

「阿呆《あほう》。アレは相当面《つら》の皮が厚い輩《やから》、その程度の事で尻尾なぞ出すまい」

「では……無駄だと見切って澪殿も？」

「当然じゃ。ま、アレに関しては若も思うところあって引き入れたようじゃから、基本監視は怠《おこた》らず、若のご意思を尊重すれば当面はよかろう。何やら思い悩まれながらも……のう、頑張っておられるんじゃ。見守り甲斐《がい》があるというものよ」

「確かに。ああして等身大に悩まれているお姿は、実に年相応と申しましょうか。同じく、私も見守り甲斐があると感じます」

ふふ、と。

二人の口元が自然と笑みに歪む。

「今の若なら、レンブラントの裏の顔を知ったとてもそこまで動じる事はあるまい。むしろ、奴の方が、心変わりした若の態度に面食らうかもしれんがな」

「普通なら、あの若様に今更人並みの商人としての立ち回りを覚えたいと言われたら、なんの冗談かと思うでしょうね。何一つ普通を通る事なく今やツィーゲでも相当の知名度を誇るクズノハ商会を切り盛りしておいて、とね」

くく……と、今度は意地の悪さを感じさせる笑みを浮かべる二人。

ちょうどその時、連絡係のゴルゴンが立ち上がって、上司である巴と識に向き直る。

念話で何かそれなりの報告が入ったようだ。

「っ！　巴様、識様ご歓談中失礼いたします!!」

「良い、話せ」

巴が続きを促す。

「はっ!!　本日、冒険者トア率いるアルパインが『仕掛け』を発動させました。かねてより用意しておりました『クエスト』の開始について報告と相談が入っております!!」

報告を聞いた巴が、思わずニヤリと獰猛《どうもう》な笑みを見せた。

トア達のためだけに荒野に用意した仕掛けがようやく発動したという報告は、まさに彼女が待ち望んでいたものだった。

トア達のためとはいえ、この件は真からくれぐれもよろしく頼むと任された案件でもあり、巴のみならず、亜空の関係者は皆限りなく真剣に取り組んでいた。

それだけに、全ての労力がいよいよ結実する瞬間が訪れつつあるという報《しら》せは、実に喜ばしいものであり、報告したゴルゴンもやや興奮気味だ。

聞いていた周囲の者達の表情も、いよいよかと熱を帯びている。

「ふむ。奴ら、ようやく仕込んでおいたクエストに到達してくれたようじゃの。これでやっと若に頼まれた短剣の返却ができるわい。おい、識。それなりのアンデッドどもを放っておけよ、そういう設定なんじゃからな」

「既にやっております。巴殿の記憶を頼りにして、中級から上級のアンデッドを六十と少し。それから荒野の魔物を腐らせた下級種を何山か仕込んでおきました」

「流石じゃな。まあ、儂に挑んできた百人かそこらの討伐隊なんぞ、亜空を使って一方的に皆殺しにしてやった連中じゃし、いくらでも誤魔化しは効く。トアにもそれなりに苦労をさせた上で、あの短剣を手に入れてもらわねばな」

「なかなかの品でした。迷宮もエルダードワーフその他によって完成しましたので、もう埋めてあります。実は、先日手に入れました素材に面白いモノがありまして、最後の展開に演出を一つ加えようかと……」

喜々として巴に詳細を語る識。

気分は完全にドッキリの仕掛け人、楽しげな事この上ない。

「あのネビロスとやらか。うむ、それは……面白いのう。ならいっそ、用意した迷宮の深部を――」

「おお！　よろしいかと。若様がお戻りになりましたら報告の上、ご許可を頂きましょう」

「うむ、任せたぞ、識。さて、舞台も配役も既に万全。トアよ、見事凱旋《がいせん》してみせよ」

運命という名の絵図を描いた張本人とその協力者達が、亜空で不気味に笑っていた。

◇◆◇◆◇

「おお！　ライドウ殿、久しいな」

「ご無沙汰《ぶさた》しています、レンブラントさん。間借りさせていただいている身であまり顔も出さず、すみません」

「気にしなくていい。こちらからも話したい――いや、相談したい事があったので、一度君の都合を聞こうと思っていたところなんだ」

とある日の黄昏時《たそがれどき》。

僕はツィーゲのレンブラント邸を訪れていた。

できるだけ早く会いたいとアポイントを取ろうとしたら、夕方においでくださいと受付の人から返答をもらった。

まさか忙しいこの人が、面会を申し入れた当日に会ってくれるなんて、思ってもみなかった。

「相談、ですか？　レンブラントさんが僕に？　もしかして、娘さん達の事で何か？」

彼の愛娘であるシフとユーノ姉妹は僕の講義の生徒だが、あの二人に密告されて恥ずかしいような事はしていない。

もし学園絡みの相談なら、特に気構える必要はないか。

「いや、あれらは充実した毎日を送っていると、常から連絡を受けている。ライドウ先生のおかげだな」

「そう思ってくれているなら嬉しいです」

「思っているとも。で、用件は何かな？　私で力になれる事だとよいが」

私で力になれる事――か。

僕が知る限り、この人が一番適任なんだよな。間違いなく。

「ええ――」

少し間を空けて、僕の中にある決心を確かめる。

「僕に商人の作法……いえ、人の悪意を教えてください」

「っ……ほぅ。悪意、かね。これはまた不思議なお願いだ」

「悪意というか、世の中というか。どう形容していいのか、ちょっと僕自身も分かりかねているんですけど……」

レンブラントさんと、横に控えていたモリスさんが目を細める。

「商人の作法で、悪意とは……随分な直球かと」

モリスさんが投じたその言葉で、僕が言いたい事は伝わったと思う。

「これまで、僕は商売も他の事も……理想ばかり見て現実との齟齬《そご》は力尽く、なんてやり方を実践してきました。でも、もう目を背けている段階じゃないと、そう感じました」

そう。

結果的に色々な世界を見て回って、心底痛感した。

レンブラントさんとモリスさんが僕の自虐《じぎゃく》めいた告白に、慰めの言葉をかけてくれる。

「だが、それでも今までライドウ殿は上々の結果を残してきた。商品を手に取るお客様だけを真摯《しんし》に見て、それで大成への道を進める商人など、滅多にいるものじゃあない」

「その通りです、ライドウ様。貴方は他の誰にもできない方法で商《あきな》いを拡大し、お客様の満足を得ている。今では大国から名指しで招かれ、その名を覚えられるところにまで来た。これは誇ってよい事です」

確かに、大国から名前を覚えられたし、この場で口には出せないけど、魔族とも繋がりを持てた。

でも、僕が商人として上手くいっている理由は、圧倒的なアドバンテージである亜空の存在と、優秀すぎる従業員に全体重を預けている結果にすぎない。

「商売のやり方を根元から変えるつもりはありません。ただ、どんな危機に直面しても、たまたまやり過ごすんじゃなく、世の中を見通してなるべくして乗り越えられる商会にしたいんです。そのためには、僕自身がおよそ人の悪意というものから目を背けていてはいけないんだと思っています」

現実を見て、今まで目を逸らそうとしてきてもなお見る羽目になった人の汚さを、より深く知る。

結果、ヒューマンどころか他の亜人まで気持ち悪い存在に見えてくるかもしれない。

事実、亜人だって自分達の利益のために立ち回るし、決して彼らの全てが素晴らしいものというわけではない。

クズノハ商会に向けられる商人や貴族からの認識を根本的に変えていくには、巴達に頼ってばかりいても駄目だ。

代表の僕が今のままじゃあ、せいぜい潰せない商会としか考えてもらえない。

手を出す事すら禁忌《きんき》な商会という認識にするには、代表の僕こそが現状で一番のネックなんだ。

不要な甘さを捨てないといけない。

考える事だけはこれまで何度もした。でも、ようやく覚悟が決まった。

今度こそやりきれる。

喉元過ぎれば、なんて事にはならない。

僕は〝それ〟から目を逸らしているからこそ……甘かったんだ。

「……それで、私が商人として腹に抱えてきた黒いものを教えてほしいと、そういうわけかね」

見定めるようなレンブラントさんの視線をしっかり受け止めて、返事をする。

「はい」

「知れば、後悔する事もある。ライドウ殿なら俗人の抱くちっぽけな負の感情などことごとく一《いっ》蹴《しゅう》して進めると私は確信しているが……それでも学びたいのかね？　せっかく理想だけを追ってでも成功できる希少な条件を満たしている君だというのに」

「……はい。商売に限らず、生きていく上でも逃げ続けられるものではないですから」

「君ならそれも可能……いや、ライドウ殿自身が既に決心しているのなら、あまり他人が口を挟むものでもないか」

レンブラントさんが短く嘆息《たんそく》して、口を噤《つぐ》んだ。

僕は彼の返答を待つしかない。

目を閉じて思案していたレンブラントさんが、モリスさんを見る。

黙って頷くモリスさん。

「……分かった。私にできる範囲で、どういった考えが世に溢れ、まかり通っているかを教えよう。幸か不幸か、このツィーゲにはその教材が腐るほどにある。ただ、これは私の個人的な願いだが……ライドウ殿、君の客への姿勢は、どうか今日《こんにち》のまま変えずにいてほしい」

「はい。レンブラントさん、ありがとうございます！」

「しかし、まさかライドウ殿の口から並みの商人になりたい、というような発言を聞くとは思わなかったよ」

一転、優しい表情に戻ったレンブラントさんが、体からも力を抜いて笑った。

「そ、そうですか」

「ザラが牛耳るロッツガルドでさえ、半ば力押しで制圧してしまったからね。まさか結局躓《つまず》かんとは思わなかった。ますますライドウ殿の行く末が楽しみになっていたところだ。天さえ味方につけたような追い風が吹いていたからねえ」

ロッツガルドでの商売はツィーゲほど順調だったイメージがない。

あそこの商人のトップであるザラさんには随分とやりこめられて、説教もされて……。

多少関係は改善していると自覚があってなお、あの人にはそこそこ苦手意識がある。

「僕としては結構躓き通しだった気でいるんですが……」

「ここと違って、ギルドが必ずしも味方ではないからね」

「確かに、ツィーゲに比べて、ギルドや他の商人との関係が作りにくかったように思います」

「ははは……」

レンブラントさんが含みのある笑いを漏らした。

モリスさんも、同種の表情のまま数度頷いている。

なんだろう？

「あ、それでレンブラントさんの用件とはなんでしょうか。まだ伺っていませんでした」

なんとなく居心地の悪さを感じて話題を変える。

「なに、ライドウ殿の決心に比べれば さしたる事じゃないんだが……」

愉快そうな顔のまま、彼はテーブルに肘をつき、口元で両手を組んだ。

芝居じみたその所作《しょさ》に、いちいち迫力がある。

僕は黙って次の言葉を待った。

「……近々、この国で革命が起こる。それについての相談だ」

「は、かく、めい？」

え？

ええ!?

革命って、政権が変わったりする、あの革命だよな？

レンブラントさんも頷いているし、間違いなさそうだ。

この国って、アイオン王国の事か。

つまり王族に反旗《はんき》を翻《ひるがえ》す勢力が出てきたのか。

……あれ、大事件デスヨネ？

なんでレンブラントさんはこんなに落ち着いているんだ？

「そう、革命だ。詳細についてはライドウ殿から頼まれた件も絡めて追々話すが、時期はまあ……夏までにはコトが起こるだろう」

「夏⁉　も、もう半年もないですよ⁉」

今ちょうど冬も終わりが近づいている頃合いだ。

じゃなくて！

アイオン王国は魔族と直接軍をぶつけて戦闘している前線国家じゃないとはいえ、リミア王国やグリトニア帝国と並ぶ四大国の一つ。

直接魔族と対峙しているリミアやグリトニアだって、後方で同盟関係のでかい国が内戦をやらかしだしたら、魔族どころじゃなくなるのでは。

いやいやいや。僕の決心がどうとかよりも、余程大事《おおごと》じゃないか。

この国が内戦状態になれば、ツィーゲだって戦火に包まれるかもしれない。

まさか……考えたくはないけど、また魔族の陰謀《いんぼう》か？

なかなか思考が整理できない僕を見て、レンブラントさんが笑みをこぼす。

「ははは、流石に大きく動き出す前の段階で情報を掴ませてくれるような甘い組織では、革命などという大それた事はできん。半年程度の余裕をもって動きを掴めただけでも上々だよ、ライドウ殿。しかし君が驚いてくれると、商人の先輩としてまだまだ私の情報網も捨てたものじゃないと思えるな。なぁ、モリス」

「はい、ほっといたしました。クズノハ商会の有する情報網は、時に我々を上回ると認識しておりますので。ちなみに、この件は魔族の手引きによるものではありません。無関係ではありませんが、深くも関わっていない模様です」

モリスさんに心を読まれた。

それにしても……僕としては革命なんて大事件が半年以内に画策されているってだけで、とんでもない事だし、半年なんてすぐだと思っている。

……いるんだけど。どうやらレンブラントさんとモリスさんは、それを十分な時間だと考えているみたいだな。

ただ……分からない。

革命についての相談って？

「で、あの。革命について僕に相談というのはなんでしょう」

「うむ。率直に言えば、その時のツィーゲの身の振り方について、君の意見も聞きたいと思っている」

ツィーゲの、身の振り方？

「そして、革命についてのライドウ様のお考えをお聞きしておきたい。そのようなところです」

モリスさんがさらに一言付け加えた。

「僕の考え、ですか」

そもそも僕はアイオン王国について深く知らない。

諜報《ちょうほう》に長《た》けた国家で、あとは騎馬部隊が自慢なんだっけ。

その程度の理解しかない。

はっきり言えば、ツィーゲという街しかこの国を知らない。

「すみませんが、正直なところアイオン王国自体の国情を知りませんので、まだ僕の中に意見らしいものが何も出来上がっていません」

一通り考えて、僕は素直に現状を明かした。見栄《みえ》を張るところじゃない。

しかし、レンブラントさんは何故か満足げな表情だ。

「それは良い」

「は？」

「いや、その方が良い、と言うべきか」

「……えっと」

どういう事か、本当にさっぱりなんですが。

「この国個別の事情などを知った上で革命に意見があれば、それももちろん聞きたかった。だがそれ以上に私が知りたかったのは、まずライドウ殿が〝革命〟という行動に対してどう考えているか、の方だったのでな。一般的な革命――と言うと少々奇妙な物言いだが、ライドウ殿はどう考える？」

アイオンの事例かどうかは関係なしに、ってことか。

……革命ねえ。

曖昧《あいまい》なイメージだけど、主に武装蜂起《ぶそうほうき》とかの非合法的な手段で国のトップが交替するって事だよな。その革命が成功すれば、政治や経済のあり方が変わったりする。

どう考えているかと聞かれたら、やっぱり時の政権によって見方も変わるよね。

良い政治をしているなら革命なんてやるべきじゃないし、悪い政治が横行していたなら革命で変えるのはありだ。

革命に伴う色んな副産物もあるんだろうけど……必ずしも駄目じゃないと思う。

なら、僕の考えとしては場合によってはあり、って事だろうな。

「僕は、どんな場合も正しいとは言いませんが、革命が必要な時もあると思います」

「ほお！」

「これは……」

結構曖昧で意見としてはボロクソに言われそうだったけど、レンブラントさんとモリスさんの反応は、純粋な驚きや感嘆を感じさせるものだった。

「変な事言いました？」

「……いや。革命は悪、ではないのだなと思ってな」

レンブラントさんは意外そうにそう言った。

「政治が腐敗しているなら、革命は起こるべくして起こる。十分あると思います。そしてそういう場合の革命なら、必要だろうなとは……」

「国を治める王はね、国を治める権限を女神に認められている、とされている」

女神にか。

でも、結構ありがちな考えだよな。

王様には正当な権利があって国を治めているんですよってな感じで。

なんだっけ？　世界史でやったよな。

……王権神授説。

そうだ、それだ。

この世界の場合、一応実物がいるから、ただの方便じゃないかもしれないけれど。

「つまり神殿も、そして一般的な人の観念においても、革命とは絶対的な悪だと考えられています」

モリスさんがレンブラントさんの言葉を補足してくれた。

なるほど。だから〝場合によっては必要〟という僕の考えは、それだけで異端になるのか。

「となると、僕はまずい事を言いましたね。すみません、気を付けます」

そもそも、革命なんて話題になったのは今日が初めてで、二度目があるかはともかく。

「いや。ライドウ殿は正しいと思うぞ。もっとも、表に出すべきではないから控えようというのも、処世術《しょせいじゅつ》として――商人として、正しい考えだが」

「はは。ありがとうございます」

「ふむ。だがこれは大分話しやすそうだな……」

「まったくです」

レンブラントさんとモリスさんが視線と囁《ささや》きで何かを詰めている。

気のせいか、応接室が何故かきな臭いような……。

「レンブラントさん？　もしかしてその革命に参加している、なんて事は……」

恐る恐る聞いてみた。

戦争で儲ける商人にはならないと、以前聞いたけど、革命勢力の信念に共感したっていうなら十分考えられる。儲けるためではなく、信念に従うわけだから。

「私は無関係だよ」

「あ、そうですか」

あっさり答えたレンブラントさんだが――

「今はまだ、な」

「……」

便利なフレーズ、来ました。

将来的、つまり半年のうちに関わるかもねって事だろうか。

「今回アイオンで起きるであろう革命についての資料は後で渡そう。まあ、先に端的にまとめてしまえば、悪い意味で愉快な馬鹿どもだ」

「駄目じゃないですか、それ」

「うむ、駄目だな。ツィーゲの役人などを見ていても日々感じる事だが、連中もこの国の貴族王族も本当に駄目だ。まともなのはほとんどいない」

レンブラントさんは駄目だと二度も強調して言ったけど、そこまでか。

それに、モリスさんがしみじみと頷いた。

僕はツィーゲに赴任している役人を見た事がないけど、こんな評価の人なら会わなくて良かったかもしれない。

「ライドウ殿、このツィーゲは誰の所有か、知っているかね？」

レンブラントさんが呆れた表情のまま僕に聞いてきた。

まあ、その程度は知っている。

「確か王族の、第四王子だったたと思います」

まだ小さいんだよな。情報を聞いた時から数えると……今は六歳？

「その通り。今の王が、溺愛《できあい》する第四王子に、彼が生まれて間もなくの頃に与えた」

子供への贈り物だったのか、ツィーゲ。

なんか切ないな。

「という事は、それまでは王様の所有だったたんですね」

直轄領《ちょっかつりょう》ってやつだろうか。

まあ、親から子への贈り物なら、特に貴族に力を取られたりするものでもないんだろうから、ありといえばありのような。実の子だしねえ。

『……』

納得しかけていた僕を、二人が若干のジト目で見ている。

「な、なんでしょう？」

耐え切れず口を開くと、レンブラントさんが短く嘆息して、話し出した。

「このツィーゲは、アイオンでは二番目に豊かな都市とされている。納税額で判断するならば、比較するまでもなく一番になるだろうがね。ちなみに、建前上一番豊かな都市は王都だ」

「へえ……」

凄いな。

確かに活気もあるし、荒野もある。

人の出入りも激しいし、街として力を持っているのは知っていたけど、この辺境にあって去年まではアイオンで最も税金を納めている街だったとは。

で、もちろん今年はもっと納税額も増えると。

まあ、そうなった理由は納得できる。

僕が見ている限りでも、ツィーゲの発展ぶりは途轍《とてつ》もない。

「王都からの遠さこそマイナス要因だが、人口、経済規模、荒野の玄関口や黄金街道の起点という立地、冒険者の質……この街の持つ価値は私が言うのもなんだが測り知れない」

「ですよね」

「その街の主たる権利を、王が、まだ自分では何もできないに等しい幼子《おさなご》に与える」

あ。なるほど。

レンブラントさんが呆れている原因が分かった。

ツィーゲの権利を誰かに与えるって事は、その人が凄い権力を握る事にもなる。

そんな権力をまだ小さい子供に与えれば、周囲の人間が良からぬ企みをする可能性は高いし、第一その子のためにもならない。

いくら可愛いからって、子供の親として正しい選択じゃないな。

子煩悩《こぼんのう》が政務に影響するのは駄目だよ。

「それで……」

「自分の持つ莫大な権限を自ら投げ捨てるような馬鹿な真似をする王ではね……。ただでさえ子沢山な上に、跡継ぎ問題を更に複雑化させる、実に巧妙《こうみょう》な一手だった。国の混乱を狙ってやったなら、策士と呼べるな」

「狙って……はいなかったんですね。その言い方だと」

「まだ自分が健在なのに、湯水のように金を納める街を真顔で幼子に譲る。かといって、有能で忠実な部下をセットにするわけでもない。革命を起こしたくなる連中の気持ちも多少分かるよ。あの当時は私も王に似せた土人形を夜な夜な殴打《おうだ》したものだ」

……おう、殴打。

どんだけむかついていたんだ。

子供への贈り物にされるのはともかく、別に普段の生活が変わるわけでもないだろうに。

過去を思い出して苦々しい表情のレンブラントさんの言葉を継ぎ、弁士モリスがフォローする。

「……以来この街には、第四王子の母に取り入った新興貴族の息がかかった連中が、役人として入れ替わり赴任して来るようになりまして。この連中がまた――貴族としては決して珍しい事でもないのですが――揃いも揃ってこの街からいくら吸い上げるかしか見てないような輩ばかりでしたので……」

そりゃあまた、心労がマッハだったんだな。

見事に日常にも影響したんだ。

そりゃあ人形も殴りたくなるな。

別に本人じゃないんだし、ただ王様に似せて作っただけの土人形を密かに殴るだけで済ませたんだから、レンブラントさんも相当こらえていたんだろう。

その役人とか王様に見られたりしなければ、ただの健全なストレス発散だもんね。

「頭のおかしい小役人どもと、脳みそまで筋肉が詰まった馬鹿将軍どもがわんさかやってきてな。あれはレンブラント商会史に残る危機だった。まったく、子供を可愛がるのにも限度がある」

「商会史に残る危機……」

しかし、子供を可愛がるのに限度がないのは、かく言うレンブラントさんも同じ気がするんです、僕。

「娘や妻に手を出そうとしたり、妙な縁談を持ちこんできたりしたのは一線を越えたと判断して、色々手を回したがね。とにかく税金を上げろ、金をよこせとうるさくてね、どれだけ数字を見せてやっても話が進まんのだよ、あの連中は。分かった、で、いつなら金を用意できる？　と言うのだからな……」

言葉は通じるのに話ができない人種だったんだな。

僕もたまにそういうのの相手をした事があるけど、あれは鬱陶《うっとう》しい。

僕の場合は〝巴《トモエ》もん〟と〝識《シキ》えもん〟に流すと大体後日丸く収まるから、その場を流すだけで良かったけど、実際ああいうのってまともに相手をするとなるとどうやって対処するんだろう。

……それにしても、税金か。

レンブラントさんがこの街で凄い力を持っている商人だとは分かっているけど、税金を決める話にまで参加できる人だったのか？

それってもう政治レベルで、一商会の領分を超えている気がするんだけど。

「税金ですか。でもそれだと役人が決めたら口出しはできないんじゃないんですか？」

「通常ならライドウ殿の言う通りだ。しかし、彼らも人だからね。その思考にこちらの考えを混ぜる事はできる。最も単純な手段としては、接待などだな」

接待か。役人をもてなして考えを聞いたりお願いをしたりして、こちらの思惑に乗せるってわけだ。なるほどなー。

――!?

これは、もう既に勉強が始まっていると見るべきなのでは！

「接待ですか。では税金についてもその時に？」

「細かくは省くが、そうだよ」

「ツィーゲの住民の税負担が現状で済んでいるのは、旦那様《だんなさま》が尽力なさった結果なのです、ライドウ様」

「ちなみに、今の税金ってどんな程度なんでしょう？」

「目に見える負担で三割、手を変え品を変えであと一割。大体、収入の四割ほどを街に納めてもらうようにしているな」

四割。分からないように一割って事は、三割負担が住民の認識か。

だとしても、結構凄いな。

十稼いだら四持っていかれて、六しか残らない。

何それ、怖い。

金持ちならともかく、貧しい家庭だと生活が立ち行かないんじゃないか？

働いた経験がないから、実際はどんな感じか分からないけど。

ただ、モリスさんの口ぶりだとこれでもマシな方みたいだから、ここでは普通か、軽いくらいかもしれない。

恐ろしきは異世界常識だな。

「四割、ですか」

支払う側からすればゼロに近い方が良いに決まっているけど、そうすれば公共のサービスも悪くなるんだろうしなあ。どのくらいが適正なんだろう。

「貴族どもは七割は搾り取りたいと言っていたがな。それでは街が死にかねん。いくらツィーゲでもな。経験からの私見にすぎんが、税金というものは収入の半分を超えればマイナスの影響しかないと思っているのだ」

七割はないわ。

それ生活できるのかって思うし。働く意欲もなくなるだろ。

しかも〝七割は〟ってなんだよ。本当はもっと取りたいのかよ。

住民をなんだと思っているんだ。

ただレンブラントさんが限界だと考えている半分ってラインも、大概酷《ひど》い気がする。

「それは酷いですね。でも、その無茶をどうやって四割にさせたんですか？」

「簡単だよ。七割取った税から、奴らが自分の懐に入れようとしていた分の利益を、うちからの賄《わい》賂《ろ》という形にしただけだ。別に、民の生活を守るために聖人になったわけではなくてだね。街が死ねばうちもただでは済まんのだし、第一この街に対して私は……それなりの責任というものを担っているという自負している」

責任を担っている、と言ったレンブラントさんの顔に、複雑な表情が浮かんだ。

強い決意を伝えながら、後悔や悲しみ、愛情も混ざった、今の僕には絶対にできない顔だった。

一つの街で長く暮らして、色んな経験をして商会をやってきたから、きっと思い入れも強いんだろう……。

それにしたって、とんでもない額の賄賂だろうなあ。

金額は聞かないでおいた方がよさそうだ。

「随分と苛烈《かれつ》な戦いだったんですね」

「ああ。今は落ち着いているがね。……で、といった背景もあってだ。ふざけた賄賂と密告の手伝いまでやらされる現状、我がレンブラント商会に限らず、ツィーゲの商会からアイオン王国への印象は総じてよろしくない」

「分かります」

というか、これで王国に心から忠誠を誓えたら、もはや不思議だ。

無理だって。

僕としても、既にアイオン王国大丈夫かって思っている。

「なので、今回の革命の画策についても、レンブラント商会からは未だ国に報告していない」

「え⁉」

「今報告すれば、革命は小さな反乱で終わるでしょうが……」

報告する気がない。つまり、革命を起こさせるつもりでいるって事だ。

「この激動の一年ほどを経験して、まさに日々変わっていくツィーゲを見て、私も大分考えが変わってね」

「……」

ツィーゲの変化も、レンブラントさんの考えを変えたのも、僕が原因の一つだろうな。

それは分かる。

「前々から、考えるようになってはいたのだ。果たして、街の統治や運営に貴族や国が必要か、とね」

「……」

ツィーゲの場合、貴族は持ち回りでこの街にやってきて、何年か監督してまた去っていく存在だ。

しかも、あまり仕事はしていないらしい。となると、今のツィーゲのあり方から見て、貴族という要素がなくなっても、統治も運営も困らない事になる。

ただ、維持していくにあたって、アイオン王国の名が外れるのはどうなんだろうか。

安全保障という面で見るとマイナスがある気がする。

なんだかんだいっても、アイオンは大国の一つだ。

ようやく、レンブラントさんの相談内容がはっきり分かった。

この人は、ツィーゲを独立させようとしている。

アイオンで起きる革命をその切っ掛けにする気なんだ。

沢山の富を生み出す街として認識されている以上、たとえ辺境に位置していても、平時じゃなかなか独立なんてさせてもらえないだろう。

だから、今なんだ。

「国家としての体裁を持つかどうかまではまだ議論を持つ段階にもなっていないが。当面は何名かの代表者を立ててての自治体を形成し、まず独立都市ツィーゲとして生まれ変わる。私の中でこれは、かなり現実味のある考えとして熟しつつあるのだが、ライドウ殿はどう考える？」

独立都市。

やっぱり。

レンブラントさんはツィーゲの正確な人口も、食料自給率も、即時動ける戦闘力も把握している。

荒野からの物資の出入りも、周辺都市との関係も全て熟知しているだろう。

澪と識が一時期入り浸って何故か妙に発展した北の港町コランなんかとも、ここのところかなり密に人や物のやり取りをしていると聞いてる。

僕から見て、レンブラントさんは経験豊富な商人だ。

その人が僕なんかに話をする段階という事は、もう周辺にも暗に了解をとりつけているか、協力の約束を得ているのかもしれない。

決して自分の欲や望みを前に出して無茶をするタイプじゃないこの人が、独立なんて考えを表に出しているんだから、独立の手順にそれなりの自信と根拠があるんだろう。

もちろん、僕としては彼の力になれるならなりたい。

ただ、その自信の根拠がクズノハ商会で、べったりとあてにされているのなら、少し困る。

「ツィーゲは僕が本格的に商売を始めた、僕にとって第二の故郷のような街です。アイオンから独立する事がこの街の利益に繋がるなら、個人的に賛成です。ですが、どこまで皆さんに協力できるかはこの場で明言はできません」

クズノハ商会として巻き込まれるなら、立場は即決しない。

まず持ち帰る。

これ、僕の基本。

今回の場合、どこまで協力するかって感じだから、厳密には大まかな立場は決めているとも言えるんだけど、これこれまではしますと、この場で約束しちゃうのは早計だ。

「王国側につく気はないのかね？」

「え、ありませんけど」

それはない。

僕の方にツィーゲを裏切る理由は全くない。

うちの従業員のライムの故郷だし、店で働いてくれているみんなにも良くしてくれているから。

一方、アイオン王国はと言えば、消極的ながらアンチ気味といったところかな。

とにかく影が薄くて、その上良い評判を聞かないんだよ。

レンブラントさんは安心したように微笑んだ。

「ふっ。そうか。なら今回の革命に乗じて独立してしまおうという考えを黙認してくれる程度には、味方でいてもらえるわけか」

何気に酷いな。僕らが獅子身中《しししんちゅう》の虫《むし》にでもなると思っていたんだろうか。

「ツィーゲを裏切るほど、僕はアイオン王国に義理はありませんよ」

「それは分かっていた。ただな……。もしも革命に乗じるという考え、そして都市が国から独立するという一見無謀《むぼう》でしかない考えが、ライドウ殿の持つなんらかの信念に反するのであれば、独立は見送るべきと思っていたのでな」

「っ。そんな、僕なんて」

「だから、戦いを嫌う住民の避難案やら非戦闘員の保護方法など、ライドウ殿に納得してもらうための色々な手を、モリスや側近達とずっと考えていたのだよ」

「あは、ははは。僕が気にするまでもなく、レンブラントさんならその程度は織《お》り込《こ》み済みでしょう」

僕一人を納得させるためにレンブラント商会のトップが集結して会議とか……何それ、笑えない。

以前戦った竜殺しのソフィアみたいな、それなりの国なら個人で滅ぼせるってやつ。僕も一部の人からそんな存在として扱われているのかと思うと、なんか複雑な気分だ。

レンブラントさんの中でも、多分びっくり箱みたいな存在になっていそうだな。

「ライドウ殿を意識して、より考え抜いたものになっているのは否定しない。それに……真正面からではないといっても、大国を相手にしようというのだから、他にも色々と考えていかねばならんよ」

……その〝色々〟が、今まで僕が思考を放棄してきた部分でもある。

すぐに全部は無理でも、あと一歩、もう一歩と踏み留まって学んでいかないと。

「……」

「つまり、実にちょうどいいという事だ。せっかくだから、ライドウ殿もこの機会に色々見ておくと勉強になるぞ」

「は⁉　いや、確かに本当の革命とか独立とか、凄い教材だとは思います、けど」

全てが終わった後、史料にまとめられていたらね⁉

自分が巻き込まれた場合、勉強どころじゃないよね⁉

「結局、実地に勝る経験はない。前に出て立ち回るのではなく、一歩下がって見ている分には……〝凄い教材〟程度で済むかもしれん」

……う。

つい凄い教材とか言っちゃったのはまずかったかな。

これでも、前よりは思った事を即座に口にしなくなったんだけど……。

失言もそれなりに減ったって自覚はある。

「ところでライドウ殿。たかが商人にすぎん私が辺境都市ツィーゲの独立などという大それた事を考え、こうして君に話すまでになったのは、どうしてだと思う？」

「それは、やはりこの街を誰よりも知っているレンブラントさんが、外の情報も集めた結果かな、と。あとは革命なんていう特大のアクシデントが、事前に判明したからでしょうか」

革命に乗じるって言ってたもんな。

なんと言うか、レンブラントさんはさっきまでよりも自信ありげだし、自惚《うぬぼ》れってわけじゃなくて、僕が賛成したのも原因だったりして。

流石にそれは言わないけど。

「それもある。更に言えば、さっきの君の賛成もかなりの自信になっている。……が、今回具体的な案として独立を考えた直接の切っ掛けは、ある人物との接触。そしてその人となりをある程度知った結果だ」

「ある人物との接触ですか。その方は……」

ヒューマンがごたごたを起こして一番得をするのは、魔族で間違いない。

でも、今回魔族はないだろうな。

魔王ゼフとかその息子さんは、意外とレンブラントさんと共感する部分が多そうだけど、さっきモリスさんが魔族の関与はあまりないって言っていたから。

あの人達は明らかに僕に気を遣っているし、一枚噛んでいたとしても、せいぜいお金を出すとか誰かを軽く焚《た》き付《つ》ける程度の事しかしてないだろう。

リミアの響先輩やグリトニアの勇者智樹《ともき》に限らず、王国と帝国の面々がレンブラントさんに独立を決心させる原因になるとは考え難い。後ろで何やらかしとるんじゃ！　ってなるだろうし、それこそ彼らは革命そのものを潰したい立場の人達だ。

四大国のもう一つ、ローレル連邦は、アイオンと国土の隣接も一部である上に、魔族とも直接ドンパチしてないな。

……でも、あそこは女神の部下の水の精霊を深く信仰しているお国柄だ。

つまり、神殿同様に、革命自体認めるわけにはいかない悪と認識しているだろう。

やっぱ、アイオンの王族が一番臭いか。

国力の低下に繋がるから可能性は低いけど、一番ありそうなのはアイオンの王族――いや、有力者だ。革命の賛成者で、かつ今は割りを食っている立場にいる有力貴族。

おお。それならレンブラントさんに協力しそうだし、アリなんじゃないか？

「この国の大きな貴族様のいずれかですか？」

さんざん考えて僕が口にした答えを聞き、レンブラントさんは首を横に振る。

「ふふ。順当に考えれば至るだろう考えの一つ、ではある」

外れた！

結構自信あったのに！

「違いましたか……」

「なに、世を知りたいライドウ殿には早速の面白い現実というやつだ。では、その方と引き合わせよう。もっとも……初対面ではないはずだが」

「……え？」

レンブラントさんの合図で、いつの間にか隣室のドアに手を掛けていたモリスさんがノブを回して、誰かを部屋に招き入れた。

入ってきた女性は、僕を見て――表情を変える事なく、深くお辞儀《じぎ》をした。

――なんで、この人が。

一方僕は、驚きでまともに言葉が見つからない。

口は開けられず、頭の中もただ混乱していた。

「ライドウ殿。お久しぶりですね。リミアを動かしていただけるなんて、その節は本当にお世話になりました。おかげでチヤ様が久方ぶりにローレルに戻られました」

「あ……ええ」

溜まった唾《つば》をなんとか呑み込む。

この人は、さっき僕が除外した人だ。

普通に考えれば、この場にいるはずも、レンブラントさんに同調する理由もない女性だ。

なんで？

なんで？

「君がそこまで驚く姿は、初めて見たかもしれんな」

レンブラントさんが愉快そうに笑う。

「……彩律《さいりつ》、さん」

なんとかそう声に出した僕に、彼女が微笑む。

「はい。ローレルの中宮《ちゅうぐう》、彩律です。今をときめく商人殿に名を覚えていただけているなんて、嬉しい限りです」

ローレル連邦の精霊神殿を取りしきる重職、中宮。そんな立場の人が、どうして革命を利用して独立を謀《たばか》る話をしているこの場所にいるんだ。

それも、事情を知っている風で。

彩律さんに続いて、何人かの人が部屋に入ってきた。

その中にはツィーゲで見た顔もあり、初めて見る顔もあった。

集まったみんなを見回し、レンブラントさんが合図とばかりに軽く手を叩く。

「さあ、では顔合わせがてらお互いの考えと立場を明らかにして話し合いをしようか。なに、初回の打ち合わせだ。円滑に進む必要などない。まずは主張から始めよう。簡単ですまんが、軽食と酒も用意した。……ゆるりとやろう」

ぜ、前言撤回。

もう思考放棄して亜空に帰りたいです。

この時、僕はキャパシティオーバーなんて甘いもんじゃない、途轍もなく恐ろしい何かを感じた。

これ、絶対〝まずは〟って段階の勉強じゃない！

なんでこう全部無茶苦茶なところから始まるかな、この世界は！

◇◆◇◆◇

普段の商人ギルドの集まりとは違う、物凄く濃い時間が終わった。

最初から結論ありきの議論じゃないから、話題もその是非も多彩で……簡単にまとめると、僕は真っ白になっている。

そう、今までのどんな戦いよりも疲れる時間だったと断言できる。

半ば放心状態で手にしたメモを見ると、そこには僕が必死で書き留めた本日の皆様のお話でびっしりと埋まっていた。

「流石は……ツィーゲで名前を売り出している人達だけの事はあるよ。凄かったな……」

まあ、彩律さん他数名は外部の人であるが。

一応、外見の特徴と自己紹介の内容もメモしてある。

初対面の人も多かったから、この辺りは早めに頭に入れておかないと。

出会った人の名前と顔、仕事と役職を覚えるのは苦手とか、言っていられない。

このペースで人を紹介されたらじきにパンクするから、何か工夫がいる。

たとえば……名刺みたいな物があれば便利なのに。

自分用に使うのもアリだよな……。当面は知り合った人の分を巴に頼んで備忘録《びぼうろく》替わりに……いや、また巴にお願いしちゃうのは申し訳ない気も……。

ふぅ。

それにしても……アイオンの革命にツィーゲの独立か。

次から次へと、よくも色々と起きてくれるものだ。

しかも、最近関わる事件はどれもスケールが大きい。

あれこれ考えながらレンブラント邸を出ると、今日お供をしてくれたライムと目が合った。

「あ」

「お疲れ様です、旦那！」

のんびり考えて、何をしているんだ、僕は。

そうだ、今日は店員のライムにも一緒に来てもらっていたんだ。

こんなに長話になるなんて思ってもいなくて、情けない事に彼の存在が頭から飛んでいた。

「お待たせ、ライム。ごめん、大分待たせた」

本当だよ。

待たせるにしても帰らせるにしても、一言途中で伝言を頼めば事足りたのに。

元々一人で来ていれば……と思わないでもないが、商会の代表が同業者を訪ねるのに一人とか、余程の緊急事態でもなければやるべきじゃないんだっけか。

いかんですね、まだ色々落ち着いてないや。

しかし、ライムは特に気にしている様子はない。

「いえ！　俺みたいなのでも連れ回してもらえて嬉しいっす！　旦那は窮屈《きゅうくつ》でしょうが、商会の代表、それもクズノハ商会クラスに名を売ってきているところとなりますと、代表が一人で出歩いただけでも余計な噂が流れたりするもんで」

まさに思っていた事を言われてしまった。

代表ってのはいわば大旦那。誰もつけずに出かけるのは賊徒《ぞくと》の類《たぐい》からすれば襲ってくださいと言っているようなものだ。

レンブラントさんクラスに名前が売れるとまず手出しもされないけど、僕の場合はまだ何故かちょっかいをかけられる。

クズノハ商会が、というよりも、要するに僕本人が舐《な》められているんだね。

実際、うちの商会の従業員に関しては、あんまり襲われたとか聞かないもんね。ちくせう。

「知名度については全部みんなのおかげだよ。クズノハ商会もいつの間にかツィーゲでは有名になっていてさ。僕は相変わらず抜けているのに、なんだか申し訳ないくらいだ」

クズノハ商会の店員でもあり、巴の側近でもある元冒険者のライム。

これからの事でレンブラントさんに会ってくると口頭で伝えたところ、即座にご一緒しますと手を挙げてついてきてくれたのが彼だった。

ひっきりなしに働いてくれる超ワーカホリック体質は、未だ衰《おとろ》えを見せない。

「旦那は基本、人前での報復とか仕返しを止める方ですから。その優しい寛大な気質を、何をどう勘違いするのか、商会はともかく旦那本人なら手ぇ出してもやり返してこねえと決めてかかる阿呆が一定数いるんで。まったく、困った馬鹿どもですよ」

……。

なるほど。

まさに自分の口がもとになった災いだったのか。

確かに、商人同士や街中の諍《いさか》いに巻き込まれた時は、その場でもその後でも、わざわざ報復やら仕返しをさせるような事はしてない。

むしろライムが言ったように、動こうとする下を制止していた記憶がある。

「これからは、少し気を付けるよ」

「？　施しも強者の特権です。お気になさらなくても。俺みたいなのが誰かしらお供すれば済む事っす」

……。

よし、気を付けよう。

ライムもあれだ、良くない意味で巴に影響されすぎだと思う。基本、相手を黙らせる方向で考えているな。

「にしても、色々ありすぎて疲れたよ」

「そういえば、長めのご滞在でしたね。何かレンブラントにご相談だと仰ってましたっけ。あっちからも別件が？」

「ああ。ツィーゲの今後についての爆弾をいくつか、ね」

革命とか、独立都市構想とか、支援者に何故かローレル連邦の上層部がいるとか、ここの貴族や王族は王国や帝国に輪をかけて馬鹿だとか。

もう、色々だよ、色々。

流石に往来でぺらぺら話すほど僕も抜けてないから、詳しくは言えないけど。

「実質、街をまとめてんのはあの男っすもんね。にしたって、街の今後とはまた……旦那、お疲れになったでしょう」

「お願いした身だけど、随分と厳しい勉強になりそうだよ……」

「旦那には甘々のレンブラントがですか？　うーん、珍しい流れもあるもんだ」

僕には甘々ですか。

さらっと言ってくれるよ、ライムも。

ただ彼の言葉は紛れもない事実で、この街を拠点とする商人達にとって、レンブラントさんは圧倒的な強者にして支配者だ。逆らえる対抗勢力が存在しないってのは、そういう事だ。

最近も――商人としてはともかく――父親としては、娘達のために結構な強権をぶん回している。

超のつく親馬鹿がまかり通っているわけですよ。

彼にお願いをされたら、実質命令と同義。

街をまとめていると評価されるのも道理ってものだ。

ライムと話しながら歩いていると、唐突に僕らの前方を複数の影が塞いだ。

信じられないくらい堂々と、僕を標的にした三人組が立ちはだかってきた。

「……うわ」

「はは、姐さんがよく、噂をすれば影なんて言ってますけど、まさにそれっすね」

場所柄はあるにしても、本当に街中でエンカウントしたぞ。

明らかに冒険者崩れのチンピラだ。気配を隠すでもなく、僕らが若干細い近道に足を踏み入れて二人きりになった途端《とたん》にこれか。

おうちにトゲトゲ肩パッド忘れてきちゃったのかな？　って聞きたくなるくらいのどチンピラどもだ。

〝へっへっへ〟とか〝金持ってそうだな、兄ちゃん〟とか言ってきそうな雰囲気全開だよー。

「へっへっへ」

「なかなかよさそうな服着てんじゃねえか、兄ちゃん」

「金、余ってんじゃゃね？」

うん、ほぼ正解だね。

さて、どうしようかと考えるより早く。

『――っ!?』

三人組が白目を剥《む》いて崩れ落ちた。

ライムの当て身、鮮やかな手際《てぎわ》だ。

即座に、チンピラ達は仲良く縄で縛り上げられていく。

おいおい、この網目状の縛り方。

いちいち触れないからな。

「助かったよ」

往来が騒がしくなっていく中、小声で礼を言っておく。

ライムの仕業《しわざ》なのは明白だったから。

「最近習った捕縛術《ほばくじゅつ》、さっそく試せやした」

巴、何を教えているんだ。

「街中で追いはぎ、人が増えれば治安は当然悪化するかぁ」

街の規模を大きくするには人口増加は必須だ。でも人が増えれば、諸々の弊害《へいがい》というか問題も生まれてくる。良い事尽くしの発展なんて、そうそうあるものじゃない。

「強盗の容疑で突き出しときましょう、確か、近くにも詰所があったはず……」

近くの人を捕まえて既に意識が無い三人組を指さしてお願いをしておくだけでもいい気はする。

この近くの詰所っていうと、冒険者ギルドだっけ、それか商人ギルドだっけか。

しっかし、魔物と違って賊の類となると、街中でも外でも潜めるってところがタチ悪いよなあ。

それに……単なる強盗ならともかく、こういう輩に紛れてもっと悪辣《あくらつ》な事を企む奴だって出てくるかもしれない。なんといっても、一番怖くて厄介《やっかい》なのは人、か。

「？」

ふと視線を感じた。

反応して目を向けた先には、やや高い煙突《えんとつ》がある。

はしごが掛けられていて……子供？　それとも小人？

小柄な人物と一瞬目が合った気がした直後、何かがキラッと光った。

狙撃。

標的は……おや、僕か。

ライムが反応する様子はない。意識が脳内ツィーゲ地図に散歩中みたいだ。

護衛を兼ねているんだから、できれば気付いてほしかった。

煙突の影から半身ものぞかせていない狙撃手から放たれたのは、短い矢だった。

ボウガンみたいな武器、見た目よりはるかに射程がある。エルドワに見せたら喜ぶかもしれない。

幸い、射線上には僕以外誰もいない。

僕は少し体をずらして飛来した矢を指でつまみ取る。

もちろん、狙撃手からは目を離さない。

僕が矢をつまんだのに驚いて一瞬固まったのか、狙撃手はまだ多少姿を見せたままそこにいる。

残念、身を隠してさえいれば、煙突ごと貫《つらぬ》いてまで仕留める気はなかったのに。

——なんて甘い事を言っているから襲撃されるのか。

いや、この場合身を隠されていたら煙突の破壊も副作用だった。単純に決めるのも良くない。

ともあれ、僕は掴んだダーツより少し長い変わった矢を、そのまま相手に投擲。矢は多分亜人だろう狙撃手の肩口を抉り取って　彼方に消えていった。

多分亜人、の根拠は見たままの子供にしては技量が高すぎるからだ。

矢が当たった腕は、ぎりぎり繋がっているようだ。

「旦那!?」

ライムがようやくこちらに起きた異常に気が付いて、僕の傍に駆け寄ってきた。

最低限必要な情報だけ先に伝える。

「狙撃だ。相手に継戦能力はない。ただ、逃げる程度の余力はあったみたい」

「……追わせます。まさかさっきのチンピラどもは囮《おとり》？　計画的な襲撃でしょうか」

「どうだろ。ちょっと実力が違いすぎた感があったから、別口かも。追跡は、モンドに……巴？」

追わせますと目配せしたライムに確認する。

即座に転移してきて、さっきの狙撃手の追跡を始めたのは、森鬼のモンドと、もう一人――何故か巴まで追っていた。

「はい……え？　姐さん？」

「あー、ライムも謎？」

彼も巴が直々に動くとは知らされていないらしい。

「へ、へい。あ、念話で……少々お待ちを……」

モンド一人だと手に余るからか？

どうだろうな、狙撃の腕だけしか見ていないから、判断は難しい。

仮に狙撃手として磨いた一番得意なスキルが今のあれだというなら、モンドで十分だろう。

でも、使える技能の中でも狙撃は苦手な方だったり、あるいは満遍なくあのレベルの技量を備えていたりするのなら、モンド一人だと怪我をしかねない。

「姐さんがさっきのに興味を持ったようです。それで、俺の加勢は必要ないから旦那をきっちり護衛して帰ってくるようにと」

「了解。僕に直接言えばいいものを、巴のやつ」

ライムの頭越しとか、そんなの気にしないだろう、あいつ。

むしろライムから聞く限り、滅茶苦茶なスパルタでしごかれていて気の毒なくらいだ。ちょっと休ませてあげればいいと思う。

おっと、つい優しい視線を向けてしまったせいで、ライムが不思議そうな顔をしている。

「？　あと、戻ったら是非旦那に報告したい事があると仰ってました」

「分かった。僕も色々話しておきたかったからちょうどいい。こりゃあ、今日の食後の打ち合わせは、長くなるかもなぁ」

夕食後の報連相《ほうれんそう》は豊富な議題で楽しい事になりそうだ。

普段の〝今日何があった〟からの落差が物凄いよ。

「あそこの緊張感はマジ半端ないっす。狙撃に反応が遅れたんで、俺ももしかしたら呼ばれるかも……」

夕食後の報告会は何気に亜空のみんなが入れ替わりで交ざったりする。

ライムが言うように、反省会代わりに参加するなんて例もなきにしも非《あら》ずだ。

「そこはお咎《とが》めなしだと思うよ。相手は場所取りもちゃんとしていたし、狙いも矢の速度も、ライムが一瞬気を緩めた瞬間に、極力殺気を抑えて仕掛けたところなんかも、なかなかのものだった」

「ええ。あの狙撃手は正直、荒野で鍛《きた》えた冒険者の中でもかなりの上位クラスでした。あの一撃、俺じゃ全力で躱《かわ》すのが精一杯だったと思います」

「僕だって、運良く狙撃に気付けただけだって」

僕の軽い相槌を聞き、ライムが顔を引きつらせる。

「余裕で掴んで投げ返した挙句……肩吹っ飛ばして、そのまま矢は見えなくなりましたよね。なんとか対応っていうのは俺みたいなのまでっすよ旦那」

「はははは」

――などと笑い合っていると、またしても柄の悪い輩が突っかかってきた。

「おいおい、兄ちゃん、俺の影踏んでんじゃねえぞ、コラ！」

「うるせぇ！」

二度目の遭遇《そうぐう》は何故か不機嫌になったライムが一瞬で蹴散らして終わってしまった。

壁にのめり込んだ無頼《ぶらい》は、捕縛もせずそのまま放置である。合掌。

「旦那、聞いてます⁉」

「うーん、一応」

「一応⁉　命狙われたのに、軽すぎやしませんか⁉」

「最近事件に巻き込まれっぱなしで、感覚が麻痺《まひ》しているんだよね。ドラゴンの黄金ブレスとか、死霊の群れとか」

「その辺の冒険者よりもヘヴィな環境に身を置いてますね。……まあ、俺もまさか伝説級のアンデッド、ネビロスに遭遇する事になるとは全く思っていませんでした。旦那と一緒じゃなかったら死んでたかもっすね」

そんな話をしながら、ライムと商会に戻った。

――んだけど、何故かこの日に限って、その後も数回襲撃されるというレアな状況になってしまい、その都度ライムが瞬殺でケリをつけては捕縛するという作業が繰り返される。

洒落《しゃれ》じゃあないだろうけど、蹴りが多かった。見事なケンカキックだったな。

そのせいでなのか、謎多きクズノハ商会代表の眉唾物《まゆつばもの》のエピソード集に〝街に繰り出すと強盗がひとりでに亀甲縛《きっこうしば》りになる〟という、かなり不本意なモノが付け加えられる事になってしまった。

本当に、ライムは誰に何を教わっているのかね、巴さんよ。

世の正解ってさ、どこにあるんだろうね……。

ともあれ、僕はレンブラントさんの店舗に間借りしている我がクズノハ商会の一号店に戻った。

相変わらず店は盛況で嬉しい限りだ。

「ただいまー」

「若様！　お帰りなさいませ！」

店内に常駐している四人の店員から口々におかえりの声。

みんな大声で若とか言っちゃうせいで、お客さんからも強烈な視線を向けられる。

僕は目が合ったお客さん方に笑顔で会釈《えしゃく》しながら、カウンターの奥に向かう。

バックヤード部分から事務所へ行くと、そこには事務仕事に精を出す森鬼とゴルゴンの姿があった。

店舗の規模が小さいから事務内容も少ないかっていうと、必ずしもそうじゃないんだよな。

現に、二人とも忙しそうだ。

「お帰りなさいませ！」

「ただいま。構わなくていいから、仕事続けてて」

作業を止めて挨拶してくれたけど、邪魔したくなかったから、仕事に戻ってもらう。

とはいえ、普段あまり使っていない自分の席に着いた僕に、ゴルゴンの従業員が飲み物を持ってきてくれた。

結局、来ただけで気を遣わせちゃうな。上手い事やりたいんだけど、なかなかできないもんだ。

「ありがと」

「いえ、私達もちょうどお茶を飲もうかと思っていたところでしたから」

「にしても、繁盛してるね。ツィーゲが急成長し出してから、お客さんの数も売り上げも右肩上がりだって報告だけど、最近の現場は君から見てどんな感じ？」

「それはもう。数字でご報告させていただいている以上にやり甲斐のある毎日です。店頭でお買い物をされるお客様の他にも、予約や注文をされる方も多くいらっしゃいますから、日に扱う在庫の拡張と職人の増員を求めている状況ですね」

流通量と職人の増員か。

確かに何度か僕のところに上がってきていた。

何度応じてもすぐにまた同じ要望が来るから、最近は様子見という事で保留していた。

ただ、久々にツィーゲの街を歩いてみて、ちょっと考えも変わってきている。

クズノハ商会だけがやたらと売り上げ規模が大きくなって増益しているわけではなく、街全体がとんでもない速度で発展している中での出来事なんだと実感した。

比喩《ひゆ》じゃなくて、来る度に街の姿が変わるくらいに、今のツィーゲは凄まじい活気に溢れている。

それに……やり甲斐のある毎日、か。

彼女の表情を見る限り、皮肉や悪意を込めた言葉じゃない。

忙しいと言われるより嬉しかった。

「……職人の増員だけで人手は追いつく？　店の中はこのままで回せそうなの？」

「特にお客様が多い日などは私達もお店に出ていますから、現状人員という面では増やしていただくほどではありませんが……もしかして」

「ん。考えてみるよ」

「ありがとうございます！」

ロッツガルドは店舗やお客さんの様子もこまめに確認していたけど、ツィーゲは結構任せきりだった部分がある。これは反省しないと。

「どの程度増やせるかは未定だけど、現状の確認と聞き取りもしたいから……誰か一人、夕食後にでも僕のところに報告書を持って来てもらえる？　今夜はみんな集まっているから」

「わ、分かりました！」

僕がみんなと言った瞬間、彼女の表情が強張《こわば》った、ような。

気のせいかな、まあいいか。

後で識と相談した上でロッツガルドの日報も参考にして……となると、この場で詳細まで決めない方が多分正解だろう。

この先何度となくレンブラントさん主催の寄り合いに参加していく事を考えると、そろそろもう一段階大きく売り上げを増やしてもいい頃だと思う。

箔《はく》をつけるって意味でも。

飲食店でもないのに昼夜ともに一般人と冒険者が集まる店というのは実際珍しい。

そんな立場のまま、クズノハ商会はここまでやってこられた。

間借りしているおかげでレンブラント商会を訪れる人をお客さんにできる利点があるにしても、なかなか大したものじゃないだろうか。

「さて、と。もうひと頑張りよろしくね。ちょっと寄っただけだから、僕はこれで戻るよ。報告の件よろしくね」

「お疲れ様でした!!」

軽く見たところ、亜人の店員だからと軽視されるような空気も店内にはなかった。

ただレンブラントさんは、そろそろヒューマンの雇用も考えた方がいいと提案してくれている。

そっちも考えないとまずい時期なんだろう。

万が一の憂《うれ》いをなくすためだとも言っていたけど、もしツィーゲでヒューマンを雇用するとなると……。

なんらかの対策のためだけに雇うなら、レンブラントさんのところから誰か出向してもらうというのもありかな。

ヒューマンでさえあればいいと言うなら、案山子《かかし》の如く立っていてもらうだけでもいいわけで、はっきり言えば、それが理想かもしれない。

有能である必要もなければ、有能になってもらう必要もない。

これまで通りの方針なら、従業員は亜空で十分鍛えてから店に入れられるんだし、一から店でヒューマンを雇って育てる仕組みを作る必要があるとも思えない。

この世界には派遣社員みたいな仕組みがないから、その辺は難しいんだ。

ロッツガルドのクズノハでやっている学生の一時雇用——要はアルバイトだって、かなり珍しがられている。向こうは変異体被害からの復興の途中って事もあって、働く形に結構寛容だったから、反発も思ったよりなくて助かった。

実際働いてもらうのが講義で見知った一部の学生だというのも、アルバイトを導入するのをスムーズにしてくれていた。

……。

やっぱり、一個考え出すと思考があっちこっちに分散して、自分の中でどんどん難しく感じられてくる。もっと簡単に考えればいいって言われるし、僕の良くない癖《くせ》だな。

とりあえずさっきの集まりの内容を整理しておかないとまずいから、亜空に戻ろう。

◇◆◇◆◇

夕食を終え、亜空の僕の部屋に従者四人が一堂に集まっていた。

「ミリオノ商会にエレオール商会ですか。確かに今ツィーゲでかなり勢いをつけてきている商会です。どちらもクズノハ商会がツィーゲにできた以降に、それまで中堅どころだったのが頭一つ抜けて急成長してきた商会だと記憶しています」

僕が名前を挙げた商会について、識が補足情報を出した。

流石、彼はどっちの商会の事もばっちり知っていた。

「ふーん、そっか。僕からしたら初対面だったけど、やっぱり凄い人達か。どっちの代表さんもこっちと仲良くしてくれる感じで、かなり好印象だったよ。ミリオノ商会は荒野方面の素材の問屋さん、エレオール商会は土地建物売買が専門だって。うちと競合するようなところじゃないのは嬉しいね。純粋に友人付き合いができそう」

まあ素材の方は、特に巴と澪が無関係じゃない。

実際ミリオノ商会の代表さんからは、巴と澪、それに僕にまで荒野の素材流通についてお礼を言われた。でも、ミリオノ商会は依頼を出す他にも冒険者ギルドの買取り所からも素材の仕入れができるわけで、直接の接点は多分ないんじゃないかな。

律儀《りちぎ》な人だと思った。

エレオール商会にしても、直で取引をした覚えはない。

確か今もなんだかんだで持っているウチの新しい店舗用の土地は、商人ギルドの紹介で地主さんから譲ってもらったものだから、そこは経由してないはずだしさ。

「む……エレオール商会……確か……」

巴が記憶を探るように考え込んでいる。

ああ、確か件《くだん》の土地を買った時に直接動いてくれたのは巴だった。

「知ってる商会？」

「……あ。ええ、以前に土地を買った時の地主が懇意にしているのが、確かそんな名前の商会、だったかと」

「地主さんが懇意にしてるって……それ、うちとはあんま関係ないじゃん」

「……ですな。まあ、土地を持っているからといって特に問題は起きていませんし、特段世話になった事もないかと」

「それだけか？」

なんとなくそれ以上の関わりがありそうな気がして、聞いてみる。

「恐らく。今思い出せるのはその程度ですな」

が、巴の答えは曖昧な否定。

「そういえば、エレオール商会に土地の購入を勧められたよ。今持ってる場所に隣接する土地なんだけどさ。これだけ順調に商売をしているなら近々立派な店舗を建てられるでしょうから、お近づきのしるしに、だってさ」

実に商売上手だ。

確かに、いつまでも間借りしていてはレンブラントさんにも迷惑がかかるだろうし、店舗用の土地はもう持っている。勧められたのが離れた場所にある土地なら即答でごめんなさいだけど、今持っている土地の隣となると、店の用地をそのまま増やせる事になる。

なかなか店を建てないで放置しているから、周辺の土地も買うかもしれないと見込まれたんだろうか。都合よく偶然隣も持っていたとは、ちょっと考えられない。

当時はそこも店があったはずだし、持ち主が移ってしばらく経つだろうに、何故か更地《さらち》のままにしてあるのも、不自然と言えば不自然。

財布が狙われている気がする。

エレオール商会の代表からもらった、土地情報が書かれた紙を巴に渡してやる。

ツィーゲの土地は高い。

ただ、漠然と高いのは分かるけど、それがどの程度なのかの基準が僕にはない。

曖昧に知っているだけだ。

駅前は高いとか、田舎《いなか》は安いとか、そんな程度の、感覚的なものでしかない。

だから、土地を買うかどうかの判断は、巴と識に見てもらって意見を聞いてからの方がいい。

今日の話の何割が実際に実現するのかは別にして、エレオール商会は街の外壁の拡張、つまりツィーゲの土地を増やそうと考えていた。

という事は、最低でも増えた土地を買う現金を必要としているはずだ。

もしかしたら土地を増やす決定のための運動費用や、ズバッと言えば賄賂、それに外壁を作り直す工事費などでも、彼らの出費はあるかもしれない。

となると、勧められた土地が僕をカモにした超ぼったくり価格になっている可能性も十分ある。

「これは……」

「ふむ……」

紙に目を通した識と巴は、どちらも一瞬目を大きく見開いた。

驚いた？

となると……やっぱりかなり高いか。

あの値段をふっかけておいて詐欺《さぎ》をしようとか、もっと厄介なトラブルの餌としてチラつかせているなんて事はないだろう。僕には安くて魅力的な金額とは感じられない。

「ロッツガルドに比べたら異様も異様な超高値だけど、二人から見てどう？」

別の街だから到底比べられるものではないのは分かっている。

ただ、同じ値段でロッツガルドなら十倍以上広い土地を買える。

あそこも他の街、国と比べると総じて地価は高いようだけど、エレオール商会が提示してきたのは、正直ここまで高いのかって驚くほどの額だ。

今持っている土地とほぼ同じ広さなのに、当時の値段の五倍だもんな。

地価の上昇を加味しても、かなりぼったくられているんじゃないか、とは疑っている。

いくら好印象な人だったからといって、流石にそれで商人としてのやり口まで全部は信用しちゃいけない。

「破格、ですね」

「うむ。これは先方に商売をする気がありませんな」

え？

識も巴も予想外の答えを返してきた。

「って事は、この値段でも安いの？」

「ええ。この見積もりをエレオール商会がこちらに提示したというのが、信じられないほどです」

「ツィーゲの土地高騰はかなり続いておりますから、エレオール商会が買った時期にもよりますが、この値では向こうに利益はありません。土地には当然、管理費や税がかかりますからな」

「なら……これは渡りに船って事か。そろそろ店舗を持つ時期かなって思っていたのは事実だから」

買っちゃうか。

魔族から奪い返したケリュネオンの復興関係で多少使ったものの、現金は現状有り余っているしな。

すっかり乗り気な僕だったが、識と巴は何か気掛かりな様子で顔を見合わせる。

「……しかしこれは、巴殿」

「むう。確かに少し不自然じゃな。若、すぐには決めず、一度先方と商談の席を設けましょう。儂か識が同席できる日取りで近いうちに。確認したい事がございますゆえ」

「……分かった」

エレオール商会の話が一段落したところで、澪が会話に入ってきた。

「若様、ミリオノ商会というところはよく冒険者ギルドの依頼で目にしました。希少素材の確保や、量を必要とする素材関連の収集依頼を出していました。報酬や依頼の数からの想像ですけど、結構羽振りが良さそうな商会でしたわ」

「澪が覚えているって事は、相当な数の依頼を出しているんだ。代表が巴と澪にお礼を言ってたよ。荒野の素材の流通量が増えたのは、二人のおかげだって」

エレオール商会の代表もだけど、みんなすごく口が上手いんだよ。

とにかく褒《ほ》める。

荒野の素材関連で巴と澪が一定の貢献をしたのは確かだけど、二人が依頼で持ち帰った素材なんて、どう考えても微々たる量だろう。

実際に大半の素材を街に持ち帰っているのは、トア達みたいな冒険者だ。

なのに、お二人のおかげ、だからなあ。

褒め言葉、言うだけならタダって事か。

「最近はそれほど冒険者の面倒を見てはいませんけれど……環が亜空に専念するのなら、私達も余裕ができるでしょうから、また顔を出してみましょうか」

澪は満更《まんざら》でもない顔だ。

褒め言葉の効果は抜群ですか。

「暇ができる、という程になるのはしばらく先になるじゃろうがな。いきなり中を全部任せるわけにもいくまいし」

巴もまた冒険者の面倒を見る事自体は前向きに考えている様子。

かく言う僕も、あの場では巴と澪を褒めてもらえてやっぱり嬉しかったしな……。

新しく従者になった巫女、環が仕事を覚えてくれれば一番楽になるのは識だけど、巴や澪の負担も一部は減るだろうから、また二人がツィーゲで冒険者の面倒を見るようになるかもしれない。

「お二方が動けるよう、全力で励みます」

その環はにこやかに僕らの視線に応じた。

「そうだ、環。神社と街を繋ぐ門の具合は問題ないようだけど、これから管理していくのにどのくらい人手が欲しい？　あそこは相当広いし、神社について知ってる人材なんていないから……」

「こちらの街と神社の行き来は快適そのものですね。海の街に住まわれている方々とは当面は門のみで来ていただくとして、工事のお話も早速明日から始める予定です。神社の仕事を手伝ってもらう人材としましては――」

環からの報告を頷きながら聞いていく。

まず、お手伝いではなく正式に神職として勤めてくれる人材が欲しいみたいだ。今この空間に存在するわけではないとはいえ、実際にいる神を奉る社なのだから、納得だ。

これは許可。

次に、神社の知識について、僕の記憶から巴がまとめた本の一部を使いたいとの事。

まあ、これも妥当だ。

書庫を案内した時彼女は相当驚いていたけど、表情が読み難い環にしては珍しく、明らかに興味《きょうみ》津々《しんしん》といった様子で巴と話し込んでいた。

向こうの知識を得るには本が手っ取り早いし、使う本の内容について僕と巴で確認すれば問題も起こらないだろう。

この間、亜空で本格的に料理人をやりたいって人も出てきたし、これまでそれぞれの種族の暮らしでは存在しなかった専門職が続々と亜空内で生まれてきている。

そういう動きにも、僕の記憶が役に立っているのかもしれない。

なんか感慨深い……。

「真様が神社で花見の宴を催してくださったおかげで、住民の皆さんからの印象は現状かなり良く、信仰の強制などを求めるものでもありませんので――」

新しく突然に現れた神殿の存在への否定的な心情やそれに基づいた態度もないらしい。

特に教化なんてする気はないしね。

面倒が起きないのは良い事だ。

識をはじめ、巴や澪からの仕事の引継ぎについても――環の能力を見ながらになるけど――早速始めていく予定だそうだ。

仕事を覚えるなら、少しでも早い方が良いに決まっている。

もちろん、前提として彼女がどこまで並行できるかを見極めた上でだ。

詰め込みすぎれば破綻《はたん》するのは当たり前。

僕自身、何度かやらかして、身をもって経験済みだ。

「――といったところですね。あと、私がきちんとお役目を果たしていけるようなら、商会のお仕事についても識さんのお手伝いから始められるかと――」

「それは必要ないよ。識が十分やってくれているからね。環は亜空の中の事を中心に、陸と海を問わず、まずは色んな種族と意見を交わしてもらいたいんだ。亜空での識の負担軽減については、識に聞いて分担していってほしい」

今のところ、強《し》いて言えば最初の街は巴と識、海辺に造っている街は澪と識が主に見て回っている状況だ。環には両方見られるようになって、識の負担を減らしてほしいんだよね。

「分かりました。出過ぎた事を申しました、すみません」

「いや。意見をくれるのは嬉しいよ。これからもお願い。で、先に伝えておいた件だけど……識。ツィーゲの店の一日辺りの在庫、増やそうと思っている。今のツィーゲの活気を見ると、増量自体は問題ないと思うんだけど……どの程度が妥当かな？」

環から識に視線を移し、同時に話題も変える。

――っと。識が答える前に、ドアがノックされた。

「失礼、いたします」

入室を促すと、見るからに緊張した若いエルドワが震える声と一緒に部屋に入ってきた。

……左手と左足が一緒に出ている。

実際にこれを見るのは小学校の行進の練習以来だな。

緊張でそうなっているのを見るのは、初めてかもしれない。

「ご苦労。いくつか聞きたい事もあるでな、少し残れ」

「は、はい!!」

報告書を受け取った巴がエルドワに声を掛ける。

ツィーゲの店の店員が一人この場に来る事はもうみんなに伝えてあるから、そこは問題ない。

「……そう気負うな。なんなら酒で口を湿らせておくか？　話しやすくなろう」

「大丈夫です!!」

とは言うものの、エルドワの彼は全く大丈夫に見えない。巴達もみんな僕と同じ見解のようだ。

いきなり当日に店員に来るように言ったのがまずかったかな。

押し付け合いになって罰ゲーム的な決められ方をしたとか？

常勤じゃなくても、ちょくちょく店に顔を出しているエルドワのベレンさんとかを名指ししておいた方が無難だったかな。

しかし……ここに来るのって、そこまで緊張する事なのか。

このままだとまともに話を聞けるか不安だったので、巴が用意してあった軽いアルコール入りの飲み物を注ぐ。

震える両手でグラスを持って巴のお酌を受けたエルドワが、促されるままに鮮やかな緑色の液体を一気に飲み干した。

ドワーフの基準からすると香りがする程度の弱いお酒だから、一気飲みしてもぶっ倒れる事はなく、十分ではないにしろ結果的に彼は落ち着いてくれた……だろう。

「それではっ、報告書の内容についてご説みぇいしゃせただだ」

駄目だ。

駄目そうだ。

その様子を見かねて、巴が助け舟を出す。

「いや、待て。報告書は実によくできておる。こちらから尋ねるから、お前はそれに答えてくれればよい」

おお。こういうの、参考になるな。

ざっと資料に目を通し終えた識も、エルドワの緊張を和らげようと声をかける。

「確かに、よくまとめてあります。これはゴルゴンのユメミ辺りが書いたものでしょう。あれは事務もよくこなしますから」

「仰る通りです、識様!」

ゴルゴン……確かに、事務所に一人いたな。

ユメミ……ああ、その名前で彼女の事を詳しく思い出せた。

ゴルゴンの中では第三陣としてツィーゲに出た娘だ。

商会で働くとなると、亜空の外に出る事になるわけで、やっぱりどの種族でもそれなりに力と知識を身につけてないと僕も不安になる。

だから、みんなには商会で働く前に、簡単なテストを受けてもらっているんだ。

僕の記憶だと、ユメミはさっきお茶を出してくれた彼女よりもう少し活発な感じだった。でも、女性は化粧と服と佇《たたず》まいでいくらでも別人に変わるし……ああ、言われてみれば面影は確かに記憶にあるゴルゴンのあの子と一致する。

そんなことを考えているうちに、回ってきた報告書に目を通す。

ちなみに、僕が見る順番は最後。

へえ、綺麗《きれい》な字で読みやすく書かれた報告書だ。

識が褒めるのも納得だ。読む人を意識しているのが僕でもはっきり分かるよ。

色々数字の比較を出してくれているから、現状の把握や今回挙げられている要望、その動機が大体見て取れる。

……これ、僕用のお手本にとっておこう。

「では、今のクズノハ商会の客筋《きゃくすじ》じゃが――」

巴がそう切り出し、時に識からの質問も入り、エルドワがそれに答えていく。

そうして十五分程度が過ぎ、役目を終えたエルドワは、隠し切れない疲労感を見せつつ退室していった。

見かけ上はサウナで良い汗かいた後みたいだが、精も根も尽き果てた感じだ。

その後、僕らで具体的な数値を決定して、明後日からその数字でいく事に決まった。

これでようやく本題に入れるな。

「うん、これでツィーゲの店も捗《はかど》ると思う。ふぅ……じゃあ、アイオン王国の革命とツィーゲの動きなんだけどさ」

僕の言葉を受けて、巴が見解を述べる。

「レンブラントが起こるというのなら、恐らくアイオンで革命が起きるのは間違いないでしょうな」

「同感です」

「私もそう思います」

「……」

識と澪が賛同する一方、環は黙ったまま。

事情も状況も分からないんだから、彼女の沈黙はまあ当然だ。

「なら、ツィーゲの独立についてはどう思う？　クズノハ商会がある以上、無関係ってわけにはいかないし」

「これもあの男、レンブラントがやろうとしている以上、波乱はありましょうが、成るのではないかと」

巴は僕と大体同じ事を考えていた。

正直、僕もレンブラントさんがやるって言ってる以上、結構な勝算があると思っている。

「これまでもあの街は、アイオン王国のツィーゲというよりも、荒野の玄関口ツィーゲという印象の方が圧倒的ですし。アイオンがさして街の役に立っていないのは、住民にとって常識ですわ」

澪はツィーゲの住民の意識を指摘した。

正しい認識だと思う。

荒野のベースほどじゃないにせよ、ツィーゲはフロンティア精神溢れる街だ。

僕が訪れた頃から、既にアイオン王国に帰属しているという住民の意識が薄かった。

「ですね。なので自衛さえできるなら独立はメリットしかありません。ただ……」

澪の言葉を継いだ識が、少し言い淀んだ。

「なに？」

「街の自衛について、やはり大国による目に見えぬ庇護《ひご》というのは大きいものがあるかと。……しかし、ロッツガルドといいツィーゲといい、若様が店を出す街は、何かと賑《にぎ》やかになりますなあ」

……。

た、ただの偶然だし。

苦笑している僕に代わって、今度は環が意見を口にする。

「……独立を目論《もくろ》むのに革命を利用する、条件だけ考えれば、確かに良いタイミングだと思います。

が、ツィーゲは巨富を生み出す街。アイオン王国とローレル連邦という二つの大国だけでなく、近隣の中小国家とて、後ろ盾がなくなった金の卵を産む鶏を寛容に見逃すとは到底思えません」

ツィーゲの地理的、経済的な条件から独立の難しさ……そうだよね。第一、アイオン王国がその利を簡単に手放したりはしないよ。

「その辺りはレンブラントさんも周辺の有力者に根回しをしているようだけどね」

「ええ、レンブラントという商人が巴さん達も認めるほどの猛者《もさ》なら、そうした手抜かりはないでしょう。ですから独立は成ると私も思っているのですが、その維持がどこまでできるのかと考えると、明るい材料ばかりではありません。ヒューマンは魔族と戦争をしている最中であり、そんな中での内輪揉めは望ましくないのは自明です。果たしてリミア王国やグリトニア帝国が黙っているのかどうかも……」

「うーん」

確かに、魔族ならアイオンの革命やツィーゲの独立宣言が生み出す混乱を利用して何かするかもしれない。

戦争相手が自分から隙を晒してくれるんだから、何もしない方が損とも言える。

そうなると、各国からツィーゲに非難が集まるって展開もありえる。

それは、どうなんだろう。

結構なデメリットになる気もするな。

それに、識も指摘していた自衛も問題か。

現状でもツィーゲは、アイオンが常駐させているいくらかの戦力に頼った防衛はしていない。

だからそこは、僕としてはさほど気にしていなかった。

現状から大きく変わるものではないから大丈夫だと考えていた。

でも、〝アイオン王国の〟ツィーゲっていう名前が生み出す無形の防御力までは、あんまり考えていなかったのは確かだ。

大国に属する裕福な街と、単体で自治を行っている裕福な街。

外からちょっかいを出すとしたら、後者の方が圧倒的に仕掛けやすく感じる。

外部に必要不可欠な資材を提供していたり、荒野に対して一番深い情報を有していたりするツィーゲだけど、だからここには手を出してはいけないなんて事にはならないし。

むしろ自分達の勢力に入れて利益を独占的に得たいと考える方が自然な気もする。

「そもそも、何故ローレル連邦が――秘密裏にとはいえ、ツィーゲの独立に手を貸すのか、その意図もよく分かりません。下手をすれば数年後にはツィーゲの所属がアイオン王国からローレル連邦に変わるだけ、という結果もあるのでは」

「彩律さんが言うには、少し前にツィーゲに結構世話になったからって理由だったな」

以前、荒野から流れ込んだと思われる有害な紫色の雲がローレルで大きな被害を出した事件があった。その解決はライムから連絡をもらって僕も手伝った――というか、雲自体は僕が仕留めたんだけど、表向きは響先輩の働きでなんとか食い止められた事になっている。

あの時の紫雲の事後調査で、ローレル連邦からアイオン経由でツィーゲに協力要請があり、レンブラントさんが直接の対応を務め、大いに尽力したんだとか。

だから、今度のはそのお礼らしい。

言われてみれば、ローレルにとって今回の協力は圧倒的にリスクの方が多い気がする。

あるいはツィーゲは協力したけど、アイオンは調査に対してなんらかの妨害《ぼうがい》をしたとか？

ともあれ、環はローレルがツィーゲを狙っているケースを案じていた。

それもアリと言えばアリなんだけど……。

「いくらローレルの中宮の発言とはいえ、大国が動く理由としてはひどく不自然です」

環の見解を聞いた巴が目を細める。

「環よ、まだ一度も外に出た事がないというのに、随分と世情に詳しい話しぶりじゃな？」

「外に出る許可は頂いておりませんが、その分これまでの記録はきちんと読ませていただきましたから。もちろんこの世界独特の事情にはまだ不慣れな部分もありますから、間違えている部分はご指摘いただけると嬉しいです」

「ほう、勉強熱心じゃの」

「一日も早く真様のお役に立ちたいですから」

……まーた変な火花が散ってる。

二人とも不穏な笑顔でちょっと怖い。

しかし、これまでの報告書やら何やらに目を通しただけで、これだけ話せるのは凄い。

そうだよな、環はツィーゲもアイオンもローレルもロッツガルドも行った事がない状態で話しているんだ。

それも念頭に置いて、僕も彼女が変な勘違いをしている部分は指摘してあげないといけないんだな。

「はいはい。巴も環もその辺でね。独立後の構想の詳細は今回、全部は出ていなかったし、色々聞いてみるよ。一緒に来てほしい時はできるだけ時間作ってくれると助かる」

どういう形で協力していくかも含めて、今はまだ情報を把握しないといけない。

協力より同盟より、可能であるなら吸収が一番大きな利益を得られるのは間違いない。

「いつでもお声掛けくだされ」

巴の言葉に他の三人も同意してくれた。

ありがとう。

ストレートな感謝の言葉が出そうになったけど、気恥ずかしさから心の中だけで呟いた。

レンブラントさんの考え、彩律さんの思惑——あの二人が今回の件で僕に本当はどこまでを望んでいるのか。

そんな事を考えるのも勉強になるかもな。

ツィーゲの独立宣言にアイオン王国がどんな対処をするのかも気になる。

あと、大国の中の街が独立しようとするこの状況は、間違いなくヒューマン同士の諍いだ。

多分今回は女神の出番はないし、やろうと思っても最近のあいつの状況を考えるとできないんじゃないかな。

虫《女神》の事は気にせずいられるだろう。

ここのところ結構世界中を回ったけど、それもしばらく不要になる。

そう、腰を落ちつけて……。

ん？

独立やら革命やらの件でしばらくツィーゲに腰を落ちつけるとして……ロッツガルドの講師と向こうの商会をほったらかしにするわけにはいかないし、ケリュネオンも定期的に見に行く必要があるよな。

それって、結局相変わらず飛び回ってるような……。

「それにしても、若。結局ローレル連邦には遊びに行きませんでしたな。四大国制覇は次の漫遊までお預けですか。残念ですが、その折には是非儂を供に」

ローレルへの同行をアピールしてくる巴に、澪が待ったを掛ける。

「ちょ！　ちょっと巴さん、何をどさくさに紛れて！　それは抜け駆けというものでしょう!?　外出禁止中の新人とえこ贔屓《ひいき》の識はともかく、そこはきちんと話し合いをして私が行きます！」

……誰かをえこ贔屓してる気はないんだけどね。

それに外出禁止って、子供みたいな。

何気に僕にも毒が降りかかっているんじゃないかな、澪。

しかし巴も簡単には譲らない。

「話し合いをするのは構わんが、行くのは儂じゃ。ローレルには若の世界の文化が形を変えて一部継承されていると聞く。ここを儂が若と回らずしてどうする！」

……あ。

話し合いはするけど私が行きますって、そういえば変だよね。

ハナからねじ伏せますって言ってるようなもんだよね。

巴がローレルにそこまで思い入れがあったなんて知らなかった。

だけどさあ。確かにいくつか大国を回ったし、旅行気分がなかったとまでは言わないけど。

巴……漫遊ってのはちょっと、人から言われると傷つくよ。

それなりに真面目に行ってたし、緊張だってしてたし！

「いいでしょう、ならば存分にＨＡＮＡＳＨＩＡＩましょうか！」

「望むところよ！」

澪も巴も……もう好きにやってくれ。

なんとなく、この二人が話しあうと僕にもとばっちりが来る率が高い気もするけど、止める気力がない。

識と環も触る気はないようで、静観を決め込んでいる。

たとえ従者が増えようと、ツィーゲで独立の気運が高まろうと、亜空はいつも通りだなあ。

めでたしめでたし？

「……」

しばらく黙っていると、環が声をかけてきた。

「真様、何か気にかかる事でも？」

うん、何か忘れているような……。

今日の話題で僕が聞きたい事、相談したい事は確実に済んだ。

あ、そうだ。レンブラントさん達とギルドで会ってから襲撃を受けて、その後だよ。

ライムから伝言で聞いた。

「あ、巴。そういえば今日は何か報告があるとか言ってなかった？」

『あ』

巴と識の声が重なった。

「そうじゃった！　澪、すまんがちょっと離れよ。大事な報告があったんじゃった‼」

「革命の話が白熱してすっかり忘れていました、私とした事が」

二人の用件なの？

「じゃあ、報告頼むよ。みんながいるとまずいわけでもないでしょ？」

大事なのに忘れる。

……うん、あると思います！

巴と識でもこういう事があるんだと、不覚にもちょっと安心した。

「では。かねてより若も懸念されておりましたトアの因縁《いんねん》、ようやく片付きそうですぞ」

「！」

トアの因縁――今やツィーゲのエースとなった冒険者トアが、そもそも冒険者をやっている理由でもある。彼女の先祖が遠い昔に荒野に持ち込んでそのまま行方不明になってしまった家宝の短剣を捜し出す事。

それは蒼い特殊な鉱石素材で作られた短剣だ。

……どういう縁か、ハイランドオークが荒野のどこかで拾得していて、異世界に来たばかりの僕が、彼らに会った時にもらった。

儀式用の短剣――アサミィと呼ばれる種類の物で、ハイランドオークとはあまり相性が良くなかったらしく、長い事使われてもいなかった。――今の彼らならもしかしたら術師の誰かが適応するかもしれないが。

ただ、その後僕は絶野と名付けられたベースでトア達と出会い、ツィーゲへの道行きに同道した際に、短剣の曰くを彼女に聞かされた。

材質やデザインを聞いて、懐にあるやつだと流石に気付いたね。

でも、あまりに重すぎてその場ですぐに返せなかった。

何故持っているのか上手く説明できなかったし、事実を話したとしても信じてもらえそうになかったから。結局タイミングを逃したままずるずると長引かせてしまった。

で、穏便《おんびん》に返す方法については、四人を鍛えるついでにと巴達に一任して……今に至る。

「トアにとっては運命のクエストってわけか。随分と長くかけたね」

「あ奴らは今やツィーゲの頂点に君臨する冒険者ですからな。そのリーダーの命題とでも言うべき短剣を、どこぞの洞穴に適当なトラップを仕掛けて捨て置くわけにも参りますまい」

その通りと頷くべきか。今にして思えば、気にせず返しちゃっても良かったような。

「かつて巴殿に挑んで全滅した精鋭達の鎮魂《ちんこん》を頼まれ、荒野の迷宮において苦難の末に目的の短剣を手に入れるという筋書きです」

識が補足してくれる。

なるほど。トアの先祖は上位竜の蜃を従えようとしたローレルの一大プロジェクトで荒野に入り、そして死んだと聞いている。

「少しばかりローレルに忍び込んだ折、ある程度の記録と記憶をあたり、六十ほど身元の確かなのを見繕いましてな。あとは適当な迷宮をこしらえました」

「なんだ巴。もうローレルに行ってるんじゃないか。だったら――――」

「あ、いや‼　それはカウントに入りません。何故なら識とともに水の精霊を探るのが主目的で、文化の満喫なんぞ全くできませなんだ」

ローレルなんていつでも行けるんだし、初回は澪や識に譲れば、と言おうとしたら、凄まじく食い気味に否定されてしまった。

「鎮魂という名のアンデッド討伐には、先日のリミアで得たネビロスの素材がありましたので、それを利用しています。ほどほどに楽しみつつ多少劣化させたものを筆頭に、本能しかない低級品はおまけとして、六十のジェネラルクラスアンデッドを取り揃えました。迷宮は浅層を墳墓《ふんぼ》、深層を若様の世界の都市を廃墟《はいきょ》に仕立てたものを用意し、ある程度の集団戦と未知の遺跡探索も楽しんでもらえるよう力を尽くしました」

……良い顔しているな、識。

ネビロスに廃墟の都市か。

リミアでの収穫を早速試してみたってとこだろうな。

「世界の果ての地下に広がる広大な迷宮。一度立ち入れば攻略か死を選択させられる極限状況を演出しつつ、さりげなく若の世界の保存食や道具の再現品を持ち帰らせる事で、ツィーゲの発展をも促せる妙手に仕上げました。くくくくく」

「ふふふ……会心の出来です」

巴と識の息がぴったりだ。

一回入ったら勝たなきゃ出られないって、どうなのさ。

それに、凄く手がかかっているっぽいけど、いくらトア達のためとはいえ、一回限りの事にそこまでするのも……。

僕の懸念を読み取った巴が補足する。

「？　ああ、若。ご安心を。奴らが攻略を遂げた暁には、ただ一度きりの幻の迷宮では終わらせず、他の冒険者も挑めるようにいたします。その時には亜空からの産物も拾得物に交ぜてやるつもりでおりますぞ」

「せっかくの代物ですから。実力ある冒険者が挑む一つの壁になれば面白いでしょう。ルト殿もきっと気に入ってくれるかと」

識が冒険者ギルドの長を務めるルトに言及した。

ああ、冒険者ギルドの存在意義ってのか。冒険者を間引くってやつだっけ。

大分前に聞いたけど……実際にハイリターンがあるなら、ハイリスクも仕方ないか。

一回だけの使い切りよりは勿体なくないし、よく考えてくれている。

そんな中、環がおずおずと手を挙げた。

「……あの」

「何か気になった？」

「はい。真様の世界の都市と仰いましたが、それはいつの時代の都市を廃墟としたものでしょう？」

僕の世界っていうなら、現代の街じゃないか？

いや、現代都市だとこの世界の冒険者から見て相当異質になる。

じゃあ、巴の好みで江戸？

江戸の廃墟って……想像しにくいな。

「当然、現代になる。若の暮らしておられた時代の都市を参考にした」

巴の答えを聞き、環が表情を曇らせる。

「では、アルパインというパーティに拾わせる保存食や道具は現代の品を再現したのですか？」

「基本的にはそうじゃな」

「まさか、兵器の類やプラスチック、カーボン、貴石もですか？」

現代の最先端素材にあたるような物も、有用無用問わず亜空ではそれなりに再現できている。

兵器にしても、基本構造が判明しているものは多くて、銃や砲台もその中に含まれる。

量産はさせてないけど、銃を拾わせるのは流石にまずい。

「……あぁ、そういう事か。安心せい、環よ。見せてやる技術はこの世界の技術の延長線上にある物に限っておる。銃や生物兵器、超長距離弾道ミサイルなんぞは見せはせんとも」

「銃……まさか、再現はできているのですか？」

「？　基本構造はさして複雑なものでもなかろう。スコープを利用した狙撃が可能なライフルや、いくらか連射も可能な突撃銃程度なら、試しに作るのはさして難しくもない。儂らならな。帝国は随分と難儀しておるようじゃが、それでも火薬で弾を前に飛ばす程度なら既に実現はしておる」

そ、そうなのか。

ただ火薬を使って弾を前に飛ばすって言うけど、それだってかなり難しそうなのに。

「馬鹿な……」

環は僕以上に驚いて、絶句している。

「文字通りの金属の玉を黒色火薬で吹っ飛ばすだけの、お粗末なもんじゃぞ。驚くような事かの？一応、帝国の抱える勇者も若と同じ日本人じゃ。多少の兵器は実現しよう」

「しかし、銃器が登場すると戦争の光景が一変しかねません。我々も悠長《ゆうちょう》に構えている場合ではないのでは」

「……やけに食い下がるのう。帝国の銃はせいぜい劣化火縄銃程度の性能で、そこで長らく足踏みしておる。あの分じゃと、技術を高める前に副産物の黒色火薬の方に興味が移る可能性も十分にある。そして火薬程度は儂ら亜空にとって脅威にならん。問題視するまでもないと見とる」

「しかし、亜空でも銃は作った。存在しているのならば、万が一も――」

環の懸念は、巴の言うように少し行き過ぎているように思える。

銃については、対策するために試作試用は許可した覚えがある。帝国が良からぬ動きを見せているから、もし彼らが高性能な銃器を手にした際に、こちらが初見の武器で痛い目を見ないようにだ。

だけど量産して使っているわけではない。

「薬莢《やっきょう》もライフリングも暴発対策も冷却もまともな領域に達しておらん、ただ撃つだけの銃など、何故恐れる。仮に若が使えば現行の帝国の銃でも四、五百メートル先の的を当ててくるかもしれん。が、それだけじゃぞ？　数年訓練した兵士や騎士とて、せいぜい五十メートルの的当てができるかどうか。神経質がすぎるのではないか、環よ」

「銃が内包する本質的な問題は、弱者にさえ中途半端な力を与えて徒《いたずら》に戦火を広げてしまう……いえ、確かに。少し、私の知る銃の威力を想像して、つい脅威を感じすぎていました。失礼しました」

巴に窘《たしな》められて俯《うつむ》く環に、識がフォローを入れる。

「拾わせる品は細心の注意を払って選定しています。環の懸念については後で詳しく伺いましょう。私達の見落としがあれば修正が必要です」

話しぶりから受ける印象は完全に剛の巴と柔の識。

でも、実はこの二人の場合、巴が臨機応変に動き、識が押し通すムーブを見せる事が多かったりする。これも二人とよく話をしてみると分かってくる。

特に、巴って豪胆《ごうたん》なようで細やかな一面があるんだよね。

「ありがとうございます、識さん」

そういえば、日頃のストレスなのか、森鬼のアクアが突撃銃だったかの三連射モードをめっちゃ気に入ってたな。

あの子はもしかしたら銃に興味や才能があるのかも。

あんな引き金を引いて命中させるだけの武器のどこが楽しいのか、僕にはよく分からん世界だ。

とはいっても、それが最適な場面もあるだろうし、その時には僕も道具として使うと思う。

あればね。

この世界に大々的に銃を持ち込むつもりはないから、意味のない仮定か。

「んで、トア達は今どんな感じなんだ?」

「――っと、そうでした。アルパインは現在、こちらの想定より幾分《いくぶん》早く用意したダンジョンを無事発見し、探索を開始した模様です」

僕の質問に答えたのは巴だった。

「早いな。じゃあ、リノンはしばらく一人でいるんだ」

「ですな。まあちょくちょくコモエを行かせておりますし、ツィーゲの冒険者どもが常に見守っているようなものですから、心配すべき事はないかと」

「コモエちゃんね。あの二人、仲良くなったもんだね」

「はい。上手く馴染んでくれたようで儂も安心しとります」

「トアの妹って肩書きは危《あや》うくもあったけど、今や強固な守りでもある、か。うん確かに立派になったもんだな、みんな」

昔はトアへの嫉妬や牽制《けんせい》でリノンの方が狙われる事もあった。けれど今はあのトアの妹だから守るって人達が増えた。

……そっか。

大国の後ろ盾、守りっていうのはそういう事か。

あるとないとじゃ随分と違う。

レンブラントさんは捨てる気満々だけど、この先どういう舵取《かじと》りを考えているのか、これから勉強できるのは本当にありがたいな。

『……』

巴達が何を言うでもなく僕を見ていた。

「なに？」

「いえ、特には。まことに充実した時間を過ごさせてもらっていると、改めて感じたまで」

「そ、そう。なら、とりあえずアルパインについては常に最優先で報告と対応を頼む。あと……」

「はて？」

「さっき言ってた〝想定より幾分早い〟ってのは、どういう事？」

「……おお」

「トア達の荒野探索ペースがいきなり早くなったりはしないでしょ？」

いくら気が逸《はや》っても、今の彼女達ならそれでペースを崩されたりはしないはずだ。

「ライムの悪友に、シトラスとかいう転移とかなり相性の良い魔術師がおりましてな。アルパインは今回絶野跡地の転移陣を一時的限定的に復活させて、これを再利用したようです。奴らにしては珍しく、ツィーゲの門をくぐらず転移陣でベースを渡っていき……最後絶野から先の転移については、臨時でかの者を雇ってまかなった模様です」

「シトラス……へぇ」

「一応、若もご存知のはずですぞ」

「へ？」

「もう随分と昔にも思えますが、『呪病』の関わりでレンブラント商会と知り合った頃です。ライムが徒党を組んで儂らを襲った事がありました」

「ああ、そういえばあったなー」

「その時に無惨にも若に顔を半分擂《す》り下《お》ろされた術師がそやつです」

「するか！　そんなスプラッタ！」

思わず声を荒らげて即反論してしまった。

環が少し引いている。芝居っ気たっぷりだけど。

あの時は、そりゃ多少乱暴に扱ったかもしれないけど、ちょっと顔が地面を滑っていっただけでしょうよ！　その後も元気に冒険者してたぞ、確か。

でもまあ、思い出した。

なるほど、あの時転移で逃げようとした人がシトラスか。

当時のツィーゲで、戦闘の最中に転移を使えるレベルの冒険者なら、確かに一級品だな。

「奴自身は少し前に冒険者稼業からは足を洗いましたが、得意の転移を専門に使って、フリーで活躍しているようで」

「……なるほど、上手い身の振り方だね」

冒険者が引退した後、当時の特技を活かして稼業に励んでいるのは素直に尊敬する。

「ライムの知り合いみたいだから、何かしら彼とも付き合いがあるのかな」

「はい。クズノハ商会でもライムめを通じて多少の協力を願った事もあると報告を受けております。トア達を運んだ帰りに大量の荷物を抱えてツィーゲに戻ってきて、また大きく稼いだでしょうなぁ」

「しっかし、絶野の転移陣を復旧させるなんて、あのパーティだとルイザとハザルがかなり頑張ったわけか。やるじゃない」

「儂らも感心しました。そしてそれを見事に扱ってみせたシトラスにも」

「だね」

なかなかどうして、ツィーゲの冒険者もスペシャリストが育っている。

相槌を打つと、巴がふと識に目をやった。

「転移だけに限れば……恐らく識よりも腕が立ちますぞ、あれは」

「！　た、確かにあの術師ほど相性が良くないのは認めます。しかし腕の立つ立たないはまた別の話です、巴殿」

識の目元がひくひくと動いている。

……多少の自覚はあったのか。

魔力そのものは多分識の方が上だろうから、燃費が悪いだけで決して負けちゃいないと僕も思う。

巴がちょっと発破《はっぱ》をかけただけかな。

「どうだかな。若、アルパインに関する報告はひとまずここまでです。きちんと保険は用意しておりますので、奴らの凱旋《がいせん》をお待ちいただければと」

「分かった。巴と識の仕事を増やしちゃうけど、よろしく頼むね」

『お任せを』

力強い肯定が二人から返ってくる。

あの短剣自体にはさほど優れた性能はない。

でもきっと今回の遠征はアルパインに――特に、トアには大きな成長をもたらす。

今の彼女は確か……『無影《むえい》』ってジョブだったか。モリスさんと同じだ。

他の三人も相応のジョブについている。

そこからどこまで成長するのか。

頑張れよ、アルパイン。

僕も……商人として頑張る。

4

男は全力で疾《はし》っていた。

ハァハァと荒く短く、そして余裕の欠片もない呼吸の音が鬱陶しい。

自らのものだと分かっていても、今は思考の邪魔になって仕方ないと、男は不快感で顔を歪めた。

走る速度は決して緩めない。

隠形《おんぎょう》に属する気配を隠すスキルも、絶対に途切れさせない。

彼は一流のプロだった。

ツィーゲで三十年以上活躍し続け、亜人の身ながら裏社会で名を馳《は》せている。

ノーガという、成長してもヒューマンの十代ほどの外見を保ち続ける亜人であった事は、彼の仕事にも大いに役立った。

種族特性として斥候《せっこう》、隠密《おんみつ》に有利な能力をいくつも有していたのも幸運だっただろう。

だが、彼はそこに甘えず、絶えず自らを鍛え続けてきた。

だからこそ、ヒューマンどころか速力を売りにする亜人よりも速く長く走り続ける事ができる。

さらに、一般的なノーガなら十数分の連続使用が限界である各種の特性も、その気になれば数日維持し続ける事だって可能だった。

（気配は完全に殺していた。分かりやすいほどの雑魚《ざこ》をけしかけてからのタイミングも完璧だったはずだ。護衛の気も逸れた）

男は走り続けながらも、こうなった原因の場面を振り返る。

（襲撃ポイントと狙撃ポイントもだ。あれ以上の場所はない。物理的にも心理的にも死角をとっていた。そして特製の機械弓を用いての超遠距離狙撃。魔力感知もスキル感知もさせないよう細心の注意を払った。なのに――）

なのに、彼の標的は狙撃の瞬間、確かにこちらを見た。

時間にすれば狙撃まで一秒未満。

それでも、極力意識を鎮《しず》めたまま確実な狙撃に至った彼は、確かに一流の狙撃手、あるいは暗殺者だろう。

狙撃に入る瞬間を標的に見られてなお、気持ちを乱さず仕事を遂行《すいこう》できるのは、それを得意とする者達の中でもほんの一握りの選ばれし存在だけだ。

（奴は初めて見るはずの速度で迫る、通常より遥かに短い矢を……手で掴んだ）

雑魚をけしかけた事で護衛と思しき冒険者は引き離せた。

標的に微かな気の緩みがあったのも確認済。

にもかかわらず、結果は狙撃する瞬間を見られ、あまつさえ必殺の矢を手掴みされた。

いかに優秀であっても、男にわずかばかりの動揺が生まれたのは責められないだろう。

だが、それが更なる失態を生んだ。

標的は一連の動きの中でも一度として男から目を離さず――矢を手にした瞬間には何故か呆れたような失望したような目をして――なんでもない事のように矢をそのまま射返してきた。

否、厳密には射撃でも狙撃でもなく、投擲だ。届く道理がなかった。

しかしその矢は男が放ったものよりも遥かに鋭く、恐るべき速さで機械弓をセットした右腕の上部、肩を貫き、周囲の肉もろとも彼方の空に消えていった。

実際には数秒にすぎない捕捉されてからの時間が、永遠のように思える。

「っっっっ!!」

思い出すと、薬で消したはずの痛覚が男の肩に蘇《よみがえ》ってくる。

記憶の痛みとでもいうのか……と、男は自嘲《じちょう》した。

落ちかけた右腕を放置すれば死に至るであろう。

後の後遺症より、今死なぬ事を大事にして、男も多分に無茶をしている自覚はあった。

(これは、しくじった。あの初撃をもって仕留められぬのでは、最早俺に機会はなかろう)

全力疾走しながら状況を幾度《いくど》も反芻《はんすう》し、次の襲撃をどう仕掛けるのかも含めて熟考した男は、結論に至った。

勝てない。万に一つも。

絶望的な力量差が存在する。

男はそう感じていた。

悪い考えに満たされる中、屋根の上、建物の陰を巧《たく》みに利用して駆けて駆けて駆け抜けた彼は、ようやく目的の場所に辿り着き、開け放たれた二階の窓に飛び込んだ。

このツィーゲで『レター』の二つ名で知られるフリーの始末屋であるこの男の、数あるアジトの一つがそこだった。

いくらアジトとしてそれなりに設備や薬品を揃えているとはいえ、相当な重傷である右腕は治療できない。専門家が必要だ。

それでも、馴染みの治癒術師のところに行くまでの応急処置はできる。

最初に手をつけるべき事もすでに決めていたのか、彼は真っ先に魔法薬を保管している棚に急ぐ
――いや、急ごうとした。

ピタリとその足が止まり、荒い呼吸が静まる。

「誰だ」

「……ほぅ、驚いた。まずは及第点《きゅうだいてん》をやろう」

男は側方に視線を向ける。

そこには、隠れるでもなく部屋の片隅に置かれた椅子に腰かけ、丸テーブルに頬杖《ほおづえ》をついた女が一人、いた。

「お前は……」

標的の周辺にいる要注意人物の一人だと、男は即座に気付いた。

依頼遂行にあたって絶対に引き離さなくてはならない人物でもあった。

「なるほど、標的の周辺に至るまで下調べも万全か。その経験値、良いな」

「巴、だな」

「いかにも」

女がニヤリと口元を歪める。

「……どうやら俺は、凄まじく危険な奴らに手を出してしまった、らしいな」

「っと。敵《かな》わぬと知っての自決などはやめよ。別にお主の雇い主になど興味はないし、拷問《ごうもん》をする気もないからの」

「っ!?」

思考を読まれたかのような巴の言葉に、男は絶句する。

そんな事をされたら手間が増えて仕方がないわ……などと、ため息交じりにぶつぶつと愚痴《ぐち》っていた巴が、不意に何者かの名前を呼ぶ。

「モンド」

「はっ」

巴の言葉に、男の背後から返事があった。

「!?」

このアジトに巴がいる段階で何かがもう致命的におかしいと、男は思っていた。

加えて位置関係からしても、男はこのモンドなる者に尾行されていた事になる。

たとえば意を決して逃走などの行動に出た場合、良い目が出るか悪い目が出るか。

男の経験と勘両方が、絶対に動くなと警鐘《けいしょう》を鳴らしていた。

「これなぞでちょうど良いかと思うんじゃが、どうじゃ？」

「……なんとか足るのではないかと」

動くに動けない男を横目に、二人が意味深な言葉を交わす。

「では……おいお前、レターとか言ったかの。本名は……ルキか、なるほど」

「っ!?　な……」

もはや自分でさえさほど意識する事がなくなった名前をズバリ言い当てた巴の存在に、レターは冷や汗が止まらなくなっていた。

彼女は雇い主に興味はないなどと口にしたが、レターにはそれがもう全て承知の上だから必要ない、という意味に思えてならなかった。

「ルキ。ウチの若を襲った罰じゃ。しばし付き合え。モンド、後は頼む」

「お任せください」

モンドの返事の直後、巴の姿が掻き消えた。

「お前、ら。一体、何者だ」

「見ての通り、ツィーゲで健気《けなげ》に頑張るなんでも屋さん、クズノハ商会だ。まあ運よくこういう次第になったんだ、大人しく従ってくれや」

やや砕けた口調になった褐色の肌の男モンドが、レターに答えた。

「お前らの行動のどこに運などというものがあった!? 全て予測していたかの如き――いや、全て最初から知っていたかのような動きは一体――」

「……運良くってなぁ、お前さんの事だよ、ルキ。襲撃仕掛けて旦那と巴様に対峙してまだ生きてるんだ。なかなか持ってるのは間違いねえよ」

これから自分がどうなるのか、レターには見当もつかない。

しかし、確実に分かるのは、その決定権が自分にはない事。

そして彼らが自分になんらかの使い道を見出している事。

レターは天を仰ぐ。

僅かな功名心に駆られて、危険すぎる仕事を請けてしまったと。

中学生くらいにしか見えない彼の諦めの吐息は、どこか労苦を溜め込んだ大人独特の疲れた様子を感じさせる。

この世界に身を置く者の九割九分が迎える結末、それは判断を見誤っての終わり。

だが、どういうわけかまだ死は訪れていない。終わっていない。

確かに、運が良いと言えなくもないのかと、レターは自嘲する。

「願わくば、レターと呼んでもらいたい。長く、その名で呼ばれる事はなかったんでな」

「OK、レターだな。なに、そこまで難しい仕事をしてもらいたいわけじゃねえ。ウチの手の者《もん》とチームを組んで、ちょいと観察と……必要なら手助けをしてもらやぁいいんだ。ついてきな」

「構わんが、その前に傷の応急手当だけしてもいいか？　このままだと、そちらが要求する力を発揮できん事になる」

「傷ね、どこのだい？」

わざとらしく不敵な笑みを浮かべて聞くモンド。

「ふ、肩に決ま……っ!?」

なんの冗談を、と口元に思わず笑みを浮かべたレターが、目を見開く。

痛みがなかった。

半分以上抉り取られたはずの肩を見るが、そこには無傷の肌が覗いていた。

レターは絶句する。

「じゃ、顔合わせに行くぜ？」

「……了解」

モンドの気配が部屋の薄闇に溶ける。

見事な技量だ。

しかしレターは安堵《あんど》の表情を浮かべていた。

この部屋で初めて、自分が理解できるスキルを目にしたからだ。

続いて、彼の気配もモンドと同じように溶けて、消えた。

◇◆◇◆◇

地下神殿、あるいは墳墓と見られる場所。

アルパインは絶賛休憩中だった。

基本的な構造は人が二人並べばいっぱいになる狭い通路と小部屋、中部屋、広間で構成されているこの地に彼女達が足を踏み入れて探索を始めて十日が経つ。

潤沢《じゅんたく》に用意した物資はまだまだ十分な量があるが、それでも回復、各種治療の専門職の不在がもたらす負担は目に見えて存在する。

「いよいよヒーラーも募集するか、育てるかすべきよね」

トアが思わず口にした呟きに、ラニーナとルイザが即答する。

「同感」

「右に同じく」

「賛成です。ただし、まともな人物に限って、ですけど」

最後に意見を述べたハザルの言葉に、他の三人がしみじみと頷いた。

そして続くトアの言葉。

「そこよねぇ。絶野で人生終わる瞬間まで追いつめられたって共通点はともかく、まさかみんなもヒーラーに良くない思い出があったとは思わなかったわ」

ツィーゲで囁かれるアルパインの不思議、ノーヒーラーの真実が今明かされていた。

「パーティに必須の存在であろう事は認める。認めるが……奴らはエルフども以上に性格が捻《ねじ》れとる」

「同じく、唯一無二の役割を持つジョブであるのは認めるわ。しかし奴らはドワーフ以上にがめついから」

ラニーナとルイザがお互いにエルフだドワーフだと言っているのは、種族的な一般論にすぎず、彼女達二人の仲は良好だ。互いの種族の天敵とされる存在以上にヒーラーを毛嫌いしている事は十分に伝わる物言いだった。

「数少ない〝実力も性格もまともなヒーラー〟は、大概固定パーティに所属しています。そして荒野に出入りしているフリーのヒーラーにロクなのはいません。事実、何度も面接をしたり身辺調査をしたりしましたけど、合格レベルは皆無《かいむ》でした」

「……ねー。まさか他のパーティから引き抜いちゃうわけにもいかないもの。やっぱり効率性は無視して性格第一で新米を勧誘して、一から育てる？」

半ば冗談めかしてハザルに応えたトアのこの提案は、アルパインほど実力があるパーティなら現実的ではある。

ただし、その場合も問題は山積みだ。

新米が育成についていけるか、そして恐らく他の冒険者から向けられるであろうやっかみに耐えられるか、更に途中で心変わりしてパーティから逃げ出さないか。

四人で数多《あまた》の名声を手に入れてきたアルパインだけに、どうしても五人目、六人目に関しては、最初のよそ者感は生まれてしまうだろう。

実に悩ましい問題だった。

「それも茨の道だが。臨時雇いだけは勘弁ね、私は」

「確かに、都度雇う臨時など論外だ」

ラニーナとルイザが揃って顔をしかめる中、ハザルがぽつりと呟く。

「……今回に限っては臨時でも良かったと思いますね」

「ハザル君、正気？」

「ええ、リーダー。だって、入った瞬間出られなくなっちゃいましたからね。こうなったなら裏切りも金勘定も二の次になるでしょ、多分」

『……なるほど』

自虐的なハザルの意見に、皆が呆れた風に頷いた。

そう、アルパインは地下に足を踏み入れしばらく進んだところで出口の確認に戻り、そこで退路が断たれた事を知る。出入口だったはずの階段は途中で消えていた。しかもご丁寧に消えた階段の上部には輝く文字で〝踏破か死か〟と、分かりやすい二択が綴られていたのだ。

「踏破か死か、冒険者よ力を示せ──か。どこまで続いているか分からない地下墓地で、きつい事言ってくれるわ」

頭を抱えるトアの隣で、ルイザが石造りらしき部屋の床に座り、小さく息を吐く。

「腐った死体が次々に地面から這《は》い出《で》てくるより、こういう整然とした神殿めいた場所で私は救われてるわよ、一応」

汚れなどはなく、死臭もない。想定していたアンデッド戦よりは余程精神的には楽であった。

それでも、ラニーナはうんざりした様子で不満を口にする。

「その分敵はえげつないぞ。どいつもこいつも、その腐った死体と骨どもを従えてきよる。六十とかいう数については詐欺だろうよ」

「あー、そこは正直、私達も認識不足でしたよ。相手がアンデッドだという点だけに気を取られすぎました。そこの対応も間違ったものじゃなかったけれど、少し考えれば当たり前なんですよ」

「どういう事だ、ハザル？　これまで蹴散らした二十二の高位アンデッドどもが当たり前だと？」

「いいですか、彼らは皆が皆当時、上位竜を従えようと荒野に足を踏み入れた精鋭、英雄、エリート達なんですよ？　みんなね」

「ああ。あ、ああ！　……なるほど。確かにな」

相槌だけで続きを促そうとしたラニーナだったが、何事かを理解したらしく、はっとした顔になって何度も首肯《しゅこう》する。

「ええ。つまりアンデッドとはいっても、そこらの村人や半端な冒険者がそうなったわけじゃないって事です。そりゃ堕《お》ちたる司教『ヨトゥンの使徒』や高名な騎士の成れの果て『首無し公《デュラハンロード》』、悪食《あくじき》の屍《かばね》『屍麗鬼《ヘイズルナッツ》』にもなりますって」

「取り巻きのスケルトンやゾンビも無茶苦茶強化されてるわよね。試しに安物の聖水を叩きつけたら、薄皮一枚焼けるかどうかだったわ」

「トアはどうしてこの局面でそんな無駄な物も持ってきているんですか」

ハザルが遠慮なくため息をぶちまける。

「やー、聖水とかって、安物と純正品と聖人級の神聖職のお手製がどのくらい違うものなんだろうって、つい無性に気になっちゃって、てへ」

「てへ、じゃありませんよ。特に必要ない場面でいきなり聖水の瓶《びん》でゾンビの横っ面を殴りだしたから、何事かと思いました」

「効果がなかったら飲み水にすればいいし。やっぱ神聖職のお手製が最強ね。今ブロンズマン商会が研究してくれているマジックバッグが実用レベルになったら、今回聖水を生成してくれたシズクちゃんのを常備しよ」

「今回の聖水、シズクに頼んだのか。ブロンズマン商会はマジックバッグには相当苦戦しているらしいな」

ブロンズマン商会はツィーゲでも鍛冶や魔道具の作製については他から頭三つほど抜き出た専門の商会だ。

ここに睨《にら》まれたら、いかに優秀な冒険者でも荒野の奥深くまでは行けなくなると言われている。

トアらは伝説に語られるアイテムの一つであるマジックバッグ――いくらでも物が入る魔法のカバンに関する古文書と素材を入手し、ブロンズマン商会に預けていた。

研究は順調だとは聞かされているが、残念ながら完成は未定だそうだ。

「仕方なかろう。第一、完成したとしても実際使ってみるモルモットも必要になる。どんな事故で中の物が失われるかも判明しないうちはなかなかな。一度の探索や依頼で一財産になる事もざらにあるここでは、特に」

ルイザが言ったように、仮に完成したと発表があっても、マジックバッグには課題が多い。

まず、それを手に入れるには経済力が必須な上、不測の事態によるアイテムロストという抱えるリスクも大きいのだ。

「けど、意外とクズノハ商会の雑貨コーナーに並んでたりしそうじゃないですか？」

「……ありそうで困る！」

暗鬱《あんうつ》とした探索とギリギリの戦闘が続く環境ではあったが、ハザルとトアの軽口でどっと笑いが起きる。こうしたメンタルの強さもアルパインは有している。

極めて対応力に優れた強靭《きょうじん》な精神力をパーティメンバー全員が持つ。

だからこそ、追加メンバーの選定もまた難しくなる。長所にして短所でもあった。

「……あと、三十と八つ」

再び真剣な表情に戻ったトアの口から、残るアンデッドの数が伝えられた。

数だけならもう数百は軽く相手にしているが、対象の六十についてはまだ半分もいっていない。

もしかしたら中には弱いのも紛れていて、実際には二十二以上の数になっているかもしれないが、希望的観測はすべきではない。

「あの依頼人の言葉が真実ならな」

「この分だと、エルフに伝わる名高き屍鬼、禍鶚使《ラインズオスプレイ》も出てくるかもしれない。不謹慎《ふきんしん》だが楽しみでもある。貴方達といると本当に飽《あ》きないわ」

ルイザが挙げた名前に、トアの口元が引きつる。

「聞いた事もないわよ、どんなやばい奴なの？」

「精霊の化身《けしん》である猛禽《もうきん》を従えた狩人のアンデッドらしい。一騎でヒューマンの軍勢を何千と殺したとか」

「これまでの例を考えるに、ありえますねえ。およそこの世のアンデッドの有名どこは制覇できるかも」

「やめてよ、ハザル君。冗談じゃない」

「なら、ドワーフだと……怨焔槌《ヘイトフレア》か？　生者をくべた炎に愉悦《ゆえつ》を覚える火山喰いのアンデッドらしいぞ。名のある鍛冶師だったドワーフの成れの果てで、その槌《つち》は職人にとっては至宝とか」

初めて聞くアンデッドの名前に、ハザルは感心した様子で頷く。

「エルフにもドワーフにも名を残すアンデッドはいるんですねえ。驚きました」

「なら、ヒューマンならエルダーリッチ？　正直、取り巻きを大量に捌《さば》きながら相手にするのは勘弁してほしいんですけど」

「……ははは、やだなあリーダー」

「？」

「ヒューマンが挙げるアンデッドの最高峰というなら、やっぱり赤衣のネビロスじゃないですか」

『……』

三人にジト目で睨まれているのに気付かず、ハザルが続ける。

「精霊やら女神やらが降臨して倒すなんて逸話がいくつか残っていますし」

「あのね、ハザル君」

「はい？」

「そんなのまで出てきたら、もう完全にお手上げでしょ!?」

「少しは考えて物を言えぃ！」

「ネビロスはアンデッドの枠じゃない！　あれは神敵カテゴリーだ！」

トア、ラニーナ、ルイザの声が重なる。

「や、やだなあ。もう少し場を和ませようとしただけなのに……」

「本当に出てきたらどうするの！」

「本当に出てきたらどうするんだ！」

「本当に出てきたらどうするつもり！」

三人が同じ言葉をハザルに叩きつけた。

「とにかく！　探索再開！　行きましょう！」

「うむ！　とりあえずもう数体片付けて景気をよくせんと」

「ハザルはもう、とにかく空気というものを読まないわね」

「……解《げ》せません」

トアの号令で、アルパインが再び動き出す。

しかし、彼女達の探索はほどなくまた動きを止める。

敵を見つけた、わけではない。

これまで遭遇した敵との戦闘ではアルパインは常に先手を取って理想的な奇襲を仕掛けてきた。

だが今回のトアの動きは、戦いへの警戒とは少し異なっていた。

「まだ、下がある」

発見したのは階段だった。

「フロアで言えばくまなく探索は済んでいる。つまり」

「この先に進むしかない、わけね」

「一応、背後は安全です。進む、しかありませんかね」

「……ふぅ。いつでもどうとでも動けるように警戒よろしく、行くわ」

『了解』

決断は早かった。トアを先頭に螺旋《らせん》の階段を下りていくアルパインの面々。

いきなりの奇襲はなかったものの警戒を緩める事もなく、トアは慎重に歩を進めていく。

やがて下に明るい何かが見え、それが出口から差す光である事に皆が気付いた。

おかしい。

地下空間を更に地下に向かって進んでいるのに明るい光とは、どう考えてもおかしい。

限界まで高まっていく警戒。

張り巡らされるスキルと魔術。

だが、いまだ敵どころかなんの気配も把握できずにいた。

つまり、前進あるのみ。

最後の一段を下り、トアは光の先を確かめ……そして、絶句した。

「……なに、これ」

思わず立ちすくみ、辛うじて口にした言葉はそれだけだった。

「どうした、トア！　っ、な、あ……」

「ラニーナ⁉　え……こ、れ」

「とりあえず危険な状況……は？」

トアの様子に異常を察知した三人は合流を急ぎ、彼女が目にしているのと同じ光景を視界いっぱいにおさめた。

眼下に広がるのは、都市の残骸《ざんがい》。明らかな人の暮らしの跡。

されど……ヒューマンのトアとハザル、ドワーフのラニーナ、エルフのルイザ、四人の誰もが見た事も想像した事もない奇怪な廃墟が、かつてない規模で広がっていた。

乱立する巨大な石柱のような建造物達、道には黒っぽい何かが敷かれ、それらを覆い隠そうとするかのように蔓状《つるじょう》の植物が繁茂《はんも》する。

そしてそこは、地下空間なのに、温かみすら感じる柔らかな光で満たされていた。

誰かが唾を呑む音がやけに大きく、アルパインの面々の耳に響く。

「遺跡？　いえ、でも誰の？　これは……本格的にまずい、かも」

トアの頬を冷や汗が伝う。

湧きおこる強烈な好奇心と共に、頭痛と大差ない最高レベルで警戒の喚起《かんき》が続く。

冒険者にとって最大級の成果と最悪の結末が混然と廃墟に蠢《うごめ》いているのは明白だった。

やがてアルパインは一歩を踏み出した。

それでもやる事は決まっている、とでも言いたげに。

◇◆◇◆◇

アルパインが入った地下墳墓と遺跡群は、かつて絶野と呼ばれたベースより更に数日程進んだ先にある。

ツィーゲのほとんどの冒険者にとって、完全に未知の領域だ。

フリーの暗殺者レターは、ほぼまったく気配を感じさせないまま地下墳墓の入り口に立っていた。

「まさか絶野の更に先に進む羽目になるとはな。何が楽な仕事だ、生きた心地がせん」

活動領域のほとんどがツィーゲかベースの内部に限られるレターが、遥かツィーゲの方角を振り返りながらぼやく。

真を襲撃した際に破壊された特製のクロスボウは、改造を施された上で彼の右腕に装着されている。

レターにとっては非常に腹立たしい事に、新しい弓の性能は、単純に以前の物の上位互換であるばかりか、まるで彼のためだけに存在していると錯覚《さっかく》するほどに抜群の重量調整がなされていた。

接近戦すらこなせる仕様に至っては驚嘆《きょうたん》の一言で、同時にこれほどの業物《わざもの》をぽんと渡しても、レターには〝あの化け物〟を害する事などできるわけがないと思われていると痛感させられる。

先程から、数え切れない小さな舌打ちが彼の口から漏れている。

同行者が頻繁に舌打ちをしていて楽しくなる者は少ない。

それはモンドによって引き合わされ、彼と行動を共にしている姉妹——キャロとキーマも同じである。

「おっさんには厳しいかもしれないけど、お仕事はちゃんとしてよ。怒られる時は連帯責任なんだからね」

「キーマ、ご同業の先輩で年上の方にそんな言い方はダメよ」

姉のキャロに窘められても、キーマはどこ吹く風だ。

「一応、元だもん。今の私にとってはレターなんて、ただのロートルでーす。老害って言わないだけ感謝してほしいくらい」

「もう……」

「貴様ら、『コック長』ビルキが孤児院から引き上げたガキどもだろう？　ここならクズノハ商会の目もあるまい、奴らとどういう繋がりだ？」

固く閉じられた地下への入り口の前で、レターが同行を命じられた二人を威圧しながら問うた。

だがツィーゲに住む姉妹は放たれた圧を軽く受け流す。妹のキーマは事もあろうにレターを鼻で笑った。

「馬っ鹿じゃないの？　クズノハ商会の目なんて、私達が気付くかっての。奴らは人の皮を被ったナニカよ。幸い、協力的に振舞っていれば酷いお願いや命令なんてそうそうないんだから、下手に強がってんじゃないわよ、レターおじさん」

「ケツの青いガキが……殺すぞ」

「口で言ってる間に動きなさいよ。できるものならね」

見た目は同じ十代半ばの少年少女の争いだ。

しかし実際には、片や半世紀以上を闇の世界で過ごしてきた生ける伝説、もう片方は若いながらも既に殺しによく馴染んだ気鋭《きえい》の若人《わこうど》である。

二人を眺める姉のキャロは、もう何度目になるか思い出せない険悪な雰囲気に若干疲れた表情を見せていた。

不意に三人の間に、微かに甘い香りが流れる。

キャロは何事もなく、変わった素振りも見せなかったが、香りを認識した残る二人の反応は顕著《けんちょ》だった。

「っ、いや、少し気が立っていたようだ。余計な事を口にした、すまん」

「わ、分かれば良いのよ。あんたの分は食事用意してやんないって思ってたけど、ちゃんと三人分作るから感謝しなさいよ」

ちらちらとキャロの方を見ながら、不自然に仲直りするキーマとレター。

「あの〝スパイスの奇跡〟か。カレー、だったか？　楽しみだ」

「苦労したオリジナルなんだからね。心して味わいなさい」

砂糖菓子のような甘い香りは、キャロから放たれているようだった。

そして二人はそれをとても恐れている。

「巴様直々の頼みなんだから、本当にしっかりしてね、キーマ。レターさんも」

キャロの口調は穏やかだったが、有無を言わせない圧が感じられた。

「よく、分かっているとも」

「もちろんだよ、お姉ちゃん！」

「うん。じゃあそろそろ時間だから時計を」

『了解』

キャロに促されて懐から懐中時計を出すレターとキーマ。

時計と言いながら、文字盤は特殊な紋様《もんよう》が不規則に蠢いており、時を示す針は一つもない奇妙な代物だ。

「巴様曰く、これを持ってればほんの数十秒だけここを開けられるんだよね」

キーマの確認に、キャロが頷く。

「ええ」

「入ったが最後、アルパインを追って——必要ならサポートして——クエストを達成しない限り二度と出られん、か」

三者三様の思考と共に時間は過ぎ、いよいよその時が来た。

三人が手にする懐中時計がスマートフォンのバイブ振動に似た挙動を起こす。

それと同時に、階段どころかただの分厚い石床でしかなかった場所にぽっかりと穴が開き、階段が出現した。

言葉はなく一度だけ頷き合った三人は、階段を急ぎ足で降りていく。

巴が用意した〝保険〟が、アルパインを追いかける。

◇◆◇◆◇

トア達が見た巨大な石柱のような建造物は、すなわちコンクリートのビルである。

明るい光が照らすここを地下と言って良いかは別として、広がる廃墟都市の外部で五体のアンデッドを討伐したアルパインは、順々にビルを探索していった。

時に非常に高所での戦いになるため、落下の危険が伴うものの、アンデッド討伐自体は極めて順調に進んでいる。

結果的に、彼女達が休憩中に脅威として語ったアンデッド達のほとんどと遭遇し、激戦を繰り広げる羽目になった。それでも、ビル内部のアンデッドにも軒並み勝利し、とうとう残すは一体というところまで依頼を進めている。

しかしその代償として、既に探索日数は三十日を目前としており、計画の上でも体力精神力的な面でも、明らかに限界寸前である。

そしてもう一つ、蒼い短剣は未だどこにもない。

つまり、彼女達が置かれた状況はジリ貧に近かった。

「ラインなんちゃらも、ヘイトマンも、エルダーリッチまで、律儀に出てきてくれちゃって……」

ため息とともにそう吐き出したトアを、ルイザが無理矢理励ます。

「なぁに、あの卵っぽい丸テントみたいな形のでかい建物《とこ》がラストじゃない。あとたった一匹よ」

「ラインズオスプレイに、ヘイトフレアだ、トア。こちらとしては名前負けするくらいの相手がちょうど良かったというのに、どいつもこいつも謙虚な噂話ばっかりだったな」

「巴様から聞いたんですけど、口は災いのもとってのはこういう時にある言葉なんですねえ、あはは……」

こうまで以前の軽口が実現して凶悪なアンデッドが次々出てくると、ハザルがそう言いたくなる気持ちも分かるというものだ。

疲労の蓄積は隠せないレベルに達しており、装備の損傷も無視できない。

強敵ばかりとの連戦は確実にアルパインを傷物にしていった。

「帰路は断たれ、敵はアンデッド尽くしで補給もままならない。おまけにご飯はもう明日でなくなる。ジリ貧ー！」

トアがやり場のない苛立《いらだ》ちをぶつけるように叫《さけ》んだ。

「面白いほどに追い詰められたものね。まったく、あの気配だと最後のは本当にかの赤衣《せきい》の魔《ま》神《じん》？」

「少なくとも、近い存在だろう。もちろん、これだけのアンデッドの巣窟《そうくつ》なら、本物が出ても不思議はないが」

最後に残された巨大な建物に険しい視線を向けるルイザとラニーナ。その隣で、ハザルは荷物を確認しながら自嘲する。

「強敵ばっかりなおかげで、目も眩《くら》むような高額素材が持ちきれないくらいあるのに、パン一個手に入らない状況じゃなんの役にも立ちゃしませんよ」

道中の魔物を狩り、時に食材を補給する事で身軽な探索を可能にしたアルパインだが、敵がアンデッドに限定されるとこの手は使えない。

水は魔術で賄《まかな》えるとはいえ、食わなければ人は死ぬ。

そして、もう一ヵ月にもなる探索期間と残りの食料事情から、全員の脳裏に非情で——だが確かな現実が浮かんでいた。

全滅、だ。

たとえ六十の死霊全てを倒せたとしても、脱出はともかくツィーゲには戻れない。

とても保たない。

最後の一体を倒せば何故か街に戻してもらえるとか、奇跡的に脱出アイテムが見つかるとか、待ち構えているアンデッドは知性溢れる存在で、話すだけで消滅してくれるとか。あるいは食料を山ほど持ったご同業と和やかに出会った上に共闘体制が作れて美味《おい》しいご飯もゲットできる、なんてものも。

楽観的に考えればいくつもの可能性はあるが、それらに縋るという選択は、冒険者たる彼女らにはない。

「やるしかない、やるしかないでここまで来たんだし。せめて依頼は完遂《かんすい》しましょっか」

「私としては死ぬ前にせめてお前が捜す短剣を見ておきたいぞ」

「ラニーナと同感ね。どうせ果たすなら既に死んでいる依頼人よりも友たるトアの目的を果たしておきたいところだわ」

「やめましょう、そういうのは！」

死地に向かう――諦めに似た言の葉の応酬に、ハザルが声を荒らげた。

『っ』

「ツィーゲに戻るんです。家まで買ってリノンを待たせているんです。らしくない事を泣きそうな顔で言うのはやめ！　やめです！」

「ハザル君」

ハザルの気迫に押されて、トアは小さくそう呟く事しかできなかった。

他の二人も黙り込む。

「あと、どうせ切羽詰《せっぱつ》まったら呼び捨てにするんですから、リーダーも――トアも、いい加減普段から私の事を呼び捨てすればいいんですよ。分かりましたか⁉」

「え、今それ？」

「昔ロッツガルドに通ってたらしいから、なんてどうでもいい理由で取ってつけた〝君付け〟なんて、要りません！　返事は⁉」

「あ……うん。分かった」

「よし、です。さて皆さん、何か忘れちゃいませんか？　この状況を打開する絶好の手が、私達にはあるじゃないですか」

『？』

自信満々で人差し指を立てて見せ、軽くウィンクするハザル。

彼なりに茶目《ちゃめ》っ気《け》を出したつもりだろうが、状況が状況である。

おふざけのダシにされたトアはもちろん、残る二人も漏れなく彼の仕草にイラッとしたのは言うまでもない。

しかも肝心の絶好の手とやらに心当たりがない。

故に皆、ハザルを黙らせる前に続きを聞いておこうと頷き合うのだった。

「……え、本当に忘れてるんですか？　ほら、私の固有スキルですよ！」

「ハザルの」

「固有」

「スキル」

トア、ラニーナ、ルイザ、三人の目が点になる。

「はい。『黒き閃き』です！　奇跡を導く一手を誘《いざな》う、まさにこの時のためにあるスキルじゃないですか!!」

決まった、とばかりに胸を張るハザルと対照的に、トア達三人は完全に白けた目で彼を見ている。

黒き閃き――ハザルが荒野での冒険と探索を繰り返すうちに取得した、彼だけの固有スキルに間違いない。

いかなる窮地をも切り抜けるに値する一手をもたらし得る。そんな曖昧な説明のスキルだ。

一応、使うほどに精度は上がり、窮地《きゅうち》であればあるほどにその真価を発揮するらしい。

だが、悲しいほどに実績がない。そして割と魔力を消費する。

取得後何度も危機はあったが、このスキルによる恩恵など何一つなかった。

時には明らかに落ちたら死ぬであろう谷に飛び込めとか、戦闘中に人が泳げるレベルではない激流の川を上れとか。むしろ従えば死ぬような無茶な閃きが多々あった。

もうハザル以外の三人からはなかった事にされているスキルである。

冒険者にとって誇るべき固有スキルの取得がまさかのゴミスキルだったハザルだが、このスキルについて知っているのは、この世で他にトア達三人だけ。誰一人彼の恥ずべき秘密を暴露《ばくろ》していなかったのは、せめてもの武士の情けだろう。

「で？」

トアの絶対零度の「で」が放たれた。

「え？」

呑気《のんき》なハザルが真顔で聞き返す。

「うっかりの閃きがどうした、ハザル」

「全滅の閃きでしょう、ハザル。自分のスキルの名前くらいちゃんと覚えておくように」

ラニーナとルイザも凍てつく瞳を向けている。

「た、たまたまこれまで盲従《もうじゅう》するには少し難しい助言が出てきちゃっただけじゃないですか⁉　酷いな⁉」

「耳に触れた時点で却下って即断する案しか出てこないゴミよね？」

「拳で剣を打てと言われた方が、まだ信憑性《しんぴょうせい》がある」

「美味しい物は全部体に良いって言い張る豚の方がまだ賢いわ」

トアの発言を皮切りにラニーナとルイザが続き、欠片ほどの容赦もない言葉の槍の数々がハザルを貫いていく。

夏の夜に飛び交う羽蟻《はあり》の群れが如く無数の罵倒《ばとう》だ。

「名前からしてもう恥ずかしい。本当に現状が良くなる結果が出たら、なんでも言う事聞いたげるー」

「私もだ。どうせなら度数の高い腹を焼くような美味《うま》い酒を頼む」

「私は食事。新鮮なサラダに果物も欲しいな」

三人は揃って半開きの目でひらひらと手を振り、ハザルの無駄な行為を煽《あお》る。

「こ、これでちゃんと効果があったら、相応の謝罪を要求しますからね!!　黒き閃き!!」

スキルが発動し、ハザルの体が雷に打たれたようにビクリと震え、動きを止めた。

「……出ました。一階上に上がり、そして汝《なんじ》の拳《こぶし》で壁を打て」

トア達が休息しているのはビルの二階部分。

強敵のみが存在しているこの地では新たな敵が出てくる事はなく、安心して体を休める事ができている。この場所での数少ない救いの一つだ。

「ハザルの拳で壁を殴る？　三階で？」

「とことん役に立たんスキルだな」

「……はぁ」

トアとラニーナが顔を見合せ、ルイザがため息をつく。

「とにかく！　結果を見てみようじゃないですか。このくらいなら現状がより悪くなりはしません！」

三人の答えは聞かず、ハザルは鼻息荒く三階を目指す。

ここと同じ大きさの何もない部屋があるだけだと既に分かっているのに。

煽った手前、トア達も仕方なくハザルの後に続き、三階に到着した。

待ち受ける強大なアンデッドの気配には未だ変化はなく、動く様子もない。

だが、こちらから手を出さない限り動いてこない確証があるわけでもない状況では、安心材料にもならない。

「ここですね……いきます。よく見ていてくださいよ、三人とも！」

「はいはい、怪我には気を付けてね、ポーションももう少ないんだから」

「拳の握り方は分かるのか、ハザル？」

「転ばないように」

ハザルは全くなってないフォームで、しかも万が一を考えて利き手ではない左手で助言を実行したため、なかなかに珍妙な突きを披露《ひろう》する羽目になった。

……が。

黒き閃きはこの日、初めて仕事をした。

ハザルの拳が軽くヒットした途端に、壁に細かな無数のヒビが生じ、一角がまとめて崩れた。

「ちょ！」

「な！」

「はぁ⁉」

もくもくと埃《ほこり》と小さな瓦礫《がれき》が巻き起こり、ハザルの姿を隠す。

そして……ハザルの影ともう一つ、何かが浮かび上がり……。

「おう、いらっしゃい。よくみつけたな、ここはひみつのみせだ」

聞こえてきた未知の声に、四人のリアクションが重なる。

『はい？』

「おれのなはカンベエ。こころざしなかばでくちた、しがねえしょくにんさ」

丸っこい、妙なフォルムをしたスケルトンがわざとらしい身振りで言葉を発していた。

カウンターに肘をついて、頬杖。

観光客が喜びそうな派手な剣や槍、杖が彼の背後に飾られ……非常に怪しかった。

何より、斥候スキルを極めつつあるトアのセンサーに全く引っかかっていない場所に出現した事が、既に異様である。

「え、貴方は…え？」

「おう、いらっしゃい。よくみつけたな、ここはひみつのみせだ」

「ん？　店だと。お前、一体何者だ。もうアンデッドはあそこ以外いないはずだぞ」

「おれのなはカンベエ。こころざしなかばでくちた、しがねえしょくにんさ」

「敵意はなくてカウント外って事？　けどこんなところで……」

「おう、いらっしゃい。よくみつけたな、ここはひみつのみせだ」

「……ふ、ふっふふ。だい、大勝利ーー!!」

トア、ラニーナ、ルイザが辛うじて問うも、答えは期待したものではなかった。

しかも最後にハザルが唐突に叫び出したせいで、あまりの出来事で呆気《あっけ》に取られていた三人は、更に混乱する。

「どうです、会心の一手じゃないですか!!　お店、ならこれで物資の補給ができるって事でしょう!!　つまり、好転!!　これを好転と言わずして何が好転なのか!!　ご主人、カンベエさんとやら！　とりあえず、強くて美味い酒と新鮮なサラダと果物よろしく！」

「さけとくいものだな、わかった。ほらよ」

勝利に酔ったハザルは、値段も聞かずに注文してしまう。

そしてあっという間に酒と食事が出てくる。

「あ、ハザル。ちょっと、何を要求されるか……」

「冗談を真に受けて真っ先に酒なぞ頼んでどうする、ど阿呆！」

「もっと優先すべき物資があるでしょう、お馬鹿！」

「おだいはきんかかそざいでたのむ」

不可解極まりないが、ニンマリと表情をつくったデフォルメスケルトンがカウンターをトントン

と叩く。

いつの間にやらカウンターにはハザルが注文した品が全て鎮座していた。

まともな店でないのは確定だった。

見ようによっては愛嬌《あいきょう》があるスケルトンの仕草は、ここに金か相当する素材を置けという事だろう。

敵意はなくとも、ただのスケルトンであるわけもない。

トアは気を引き締めつつ、値段を確認する。

「ちなみに、おいくらなの？」

「きんかならじゅうまいでいい」

「たっか‼」

「かか、たかいか？　かねはあのよにゃもっていけねえ。つかいきれないかねにもちきれねえぞざい。いまいるもんとひきかえて、くいのねえじんせいをおくるてつだいは、ぷらいすれすなんだぜ」

「く……」

あまり良い記憶はないが、トアは絶野の物価を思い出す。スケルトンが提示したのは、あそこよりも少しだけ高い程度の値だった。

法外なほど高いかと聞かれたら、決してそこまではないと言わざるを得ない。

絶野の物価を認めるという仮定の上で、ではあるが。

「ちゃんと金のやりとりで物が手に入るなら、確かに高くはないか。それにあの珍妙なスケルトン、妙に愛嬌がある。言うとる事もまあ、間違っとらんわな」

ラニーナが真面目に考え、ハザルから投げられた酒を開けて匂いを確かめる。

注文通りのかなり強い酒だったらしく、彼女は満足げな表情を浮かべた。

「ルイザ、ご所望のサラダですよー。瑞々しいですねー。果物も美味しそうだなー」

「ぐ……まさか本当にうっかりの閃きが役に立つとは……」

「黒き！　閃き！　です！　じゃ、食べてください」

万が一の解毒剤が入ったアンプルを指でつまんだハザルが、ニコニコしている。

「悪かった、謝罪する。うん、普通に美味い。街で食べるサラダと遜色《そんしょく》ないわ」

素直に謝罪の言葉を述べたルイザはサラダを受け取り、葉っぱを数枚つまんで口に放る。

普段口にしている味だった。

決して最高の味ではないが、今いる場所を考えれば破格の品と言える。

「カンベエさん、私は薬品関係でいくつか欲しいものがあって、あと素材でよく分からないのを買い取ってほしいのも……」

「くすり、だな。えらんでくれ。ねだんはつけるが、そざいのかんていはしてねえ」

上機嫌なハザルの注文に応えるカンベエは、何かしらのパターンで話している印象だ。

二人のやり取りを横目に、トアはこの件のそもそもの依頼人の存在を思い出した。

彼もまた、少々ぎこちなく話していた。

死して長くこの地で意思を残す上で、何かしらの不自由を余儀《よぎ》なくされたのだろうかと彼女は考える。

(たとえば、自身の人格や残したい用件、厳選したその一部だけをより長く保てるように他を切り捨てた、とか)

依頼人なら、ここへの地図と依頼内容。

そしてこのカンベエなら、この地に挑んだ者への手助け。

これはトアの仮定にすぎない。

だが、もしもそれが当たっていたなら、なんという執念《しゅうねん》だろうと、彼女は畏敬の念を抱いた。

ほとんどの死者が凶悪なアンデッドと化していく中、彼らを倒し、討伐する誰かが現れるのをひたすらに待ち、託《たく》す。

決して欲に目が眩んだ愚か者にできる事ではない。

「……カンベエさん。武器の修繕は？」

「すきるでおうきゅうしょりならできる。ひとつきんかごじゅうだ。ほんらいのうでをみせられねえのがざんねんだぜ」

トアの質問にカンベエは答える。

その後、何か話が発展したりこの地についての情報を口にしたりするでもない。

ただ提供できるサービスを口にするだけ。

それきりだ。

特殊なスケルトンの形状にも、値段にも理由があるのだろうとトアは考えた。

彼は恐らく商売をしているのではない。

金貨や素材は彼がここに居続けるために必要な燃料のようなものかもしれないとも。

「みんな！　武器の手入れ、頼めるって！」

「救いの神とはこの事か。大地の精霊に感謝を」

「これなら、挑める。森の精霊に感謝を捧ぐ」

「もしもーし、この奇跡は私のスキルで得られたって事、忘れていませんよね？　私への感謝は!?　アルパインは黒き閃きに救われたんですよー！」

何故か自分への感謝が皆無である事にハザルは当然抗議する。

しかし返ってきたのは、三対の哀れみの目と、容赦のない指摘だった。

「……ここで謙虚にしてれば、ハザルも大概良い男なのにさ」

「子供ではなかろうに、はいはいとこれみよがしに功績を主張されるのはな。残念な奴よ」

「ただ黙っているだけで私達の好感度はうなぎ上り間違いなしの場面だったのに。うっかりハザル」

「ひどい!?」

ハザルはがっくりと膝をついて項垂れる。

黒き閃きという固有スキル名に、なんの疑問もなくただただ素晴らしいスキル名だと思っているセンスはさておき、これほどの功績に対しては、実に可哀想な扱いだった。

「よっし、希少品はともかく、他の素材は全部ここで使っちゃおう！　それで今日はゆっくり休んで、明日一気に勝負！　覚悟決めるよ、みんな!!」

勢いよく作戦を告げたトアが、ここまでにかき集めた素材と修理してもらいたい武具をカウンターに並べ、カンベエに欲しいものを注文しはじめる。

「おいおい、せっかく拠点ができたんだ。この際、こういう妙なギミックを含めて隈なく探索すべきじゃないか？」

「ええ。食料と武具の手入れがなんとかなるなら、十分篭もれる」

ラニーナとルイザに指摘され、トアが我に返る。

「……あ」

「うちのリーダーはせっかちですから！」

ここぞとばかりに反撃に出るハザル。

しかし、カンベエが水を差すような事を言って割り込んだ。

「わるいが、めしはいまのちゅうもんのはんぶんでうりきれだ」

『！』

「ぶぐのしゅうりはぜんぶもんだいないぜ。しはらいのそざいはじゅうぶんだ」

アルパインの資産は金貨の千枚二千枚で揺らぐような脆弱《ぜいじゃく》なものではない。

だが、それはツィーゲにおいての話だ。出先、しかも荒野ではそこまでの現金を持ち歩く必要はなく、パーティ全員の総額で、多い時でもせいぜい金貨で百枚程度。

むしろ十分多い方だ。

今回は絶野までの転移を専門家であるシトラスに頼んだ関係上、現金を多めに用意していたのと、彼が思ったよりも謙虚な値段を提示してくれたため、偶然手元に金が残っていたにすぎない。

「……結構、素材も持っていかれますね」

ぽつりとハザルが呟いた。

つまり、武具の修繕もそう何度も頼めるわけではないという事だ。

あと一度の戦闘を残すだけとはいえ、弱らせては奇襲を繰り返すような戦い方は、たとえ有効であったとしても選べなくなる。

「長期戦もOKで、こういうところをザックザック見つけて楽勝、とはならん、か？」

「食料は切り詰めれば三日保つかどうか、だな」

ラニーナに問われたルイザが眉間《みけん》にしわを寄せる。

「あれ。もしかして私の作戦が一番じゃない？」

トアの発言を受け、ハザルが何か言いかけるが……。

「いっそ、今夜は宴会でもし――」

「じゃあさ！　今夜はパーッと豪勢にやってさ、それで明日……あそこにいる奴に」

トアは一度言葉を区切り、残す最後の一体が待っていると思われる建物に視線を向けた。

「私達の全部を叩きつけて勝たせてもらおうよ！」

「わ、私が言おうと思ってたのに……ずるいですよ、トア……」

「ま、良い雰囲気なんだ。黙っていろ、ハザル」

「沈黙は金。確かクズノハ商会の誰かに聞いた言葉……えっと、エリスだっけ？」

ルイザが名前を出した不思議系森鬼のエリスは、妙な事を口走ってはいつも相方のアクアを困らせている。

「よりによって一番発言が疑わしい人の名前が！　くっそう、ええ、ええ！　トアに賛成ですよ！」

このやり取りで、アルパインの雰囲気が一気に明るくなった。

酒を追加し、食料を分配し、各々武具の修繕具合と買い物の成果を確かめる。

始まりは慎《つつ》ましくも、決して彼らの記憶から忘れられる事のない、たった四人の宴。

地下だというのに律儀に夜の帳《とばり》が下り、見張りを立てながらも何時間もの上質の睡眠を貪《むさぼ》る。

最後の戦いに向けて、アルパイン全員の英気が高まり、満ちていった。

「……」

その頃。

距離を保ち、隠密に徹しながら一方的にアルパインを観察する視線が三つあった。

「身バレしていいなら、カレーの差し入れもしてあげたい気分」

「強いわねえ、流石はアルパインの皆さんと片付けてしまうのは、あまりにも失礼だわ。個々の力も連携も観察眼も勝負勘も、全てが私達を凌駕《りょうが》してる」

キーマとキャロの会話を聞いていたレターが、ぽつりと呟く。

「俺もその中に入れてくれるな。力は認めるが、ふん……勝てん事はない」

その発言にキーマが噛みついた。

「……おっさんは本当に老害だね。冒険者としての実力に感心して私らは尊敬してるんだっつーの」

「貴様は、本当に人を苛つかせる」

「人殺しのプロがなんでもありで冒険者のアルパインをやれるかどうかって話をしてんじゃないの。真っ暗でドロドロな場所にいすぎて、頭ん中までヘドロ詰まってんじゃない？」

「……っ」

いつもの生意気な軽口かと思えば、ぶすりと深い言葉で内面を抉ってくるキーマに、レターは思わず黙り込む。

確かに彼女が指摘した通り、レターは殺せるか否かという基準でアルパインを見ていた。故にやってやれない事はないと、自分なら殺せると言ったのだ。

だが、彼もアルパインが数々の驚異的なアンデッド達を――時に奇襲で、時に連戦で、時には分断を強いられながらも――全て乗り越えていったのを見て、感銘《かんめい》を受けたのは事実だ。

ひとえに冒険者として、多彩に、冷徹に、容赦なく相手を屠《ほふ》っていくその様に、レターもまた感じ入っていた。

先程のキーマの言葉は、まさに己の弱い所を貫くものだった。

ライドウ襲撃で無様《ぶざま》を晒して以来、未だ完全ではないメンタルを、この姉妹――特に妹のキーマに揺さぶられるレターだった。

「キーマ。私達は顔を見られてるんだから。いざという時に出ていけるのはレターさんだけなのよ？　あんまり喧嘩しないの」

「はーい。ホント、都合が悪くなるとだんまり。良いご身分ですねー、レターさんは」

「キーマ！」

「はい、分かりましたって！」

「これまでだって、私達じゃ危ないようなアンデッドも沢山いたでしょう？　あの奥にはもっと凄いのがいるんだから、気を抜いちゃ駄目」

妹を窘めるキャロの言葉を聞いたレターが呟く。

「……どうだかな。あんな、なんの気配も違和感もない場所のギミックを発見できるような頭脳担当がいるのなら、存外楽に終わってしまう気もするがな」

「……でしたら、それはそれで。ただ、どういう形であれ、巴様達が保険をかける事態ならば、この程度じゃ終わらないのは確実ですから」

「たまらんな、あれ以来、俺の世界の強者の定義が激しく変動しすぎて、鬱《うつ》になりそうな気分だ」

「樹園も菜園も知らない奴なら、そんなもんよ」

上から目線のキーマが再び絡むが、何を意味する言葉か理解できず、レターは首を捻《ひね》る。

「？　ジュエン？　サイエン？」

「あー、こっちの話でーす」

こちらは一つにまとまる気配は全くなく、ソロ冒険者が三人一緒にいるだけといった雰囲気。

しかもハザルがいじられるのとは違って、本当にピリピリした空気が漂《ただよ》っている。

他の二人と揉めたり揉める要因を投下したりもしないが、余程険悪になるまでは仲裁する事なくぶつかる二人を放置しているキャロもまた、十分に一人気質である。

彼女の場合は普段、職人として一人で工房に篭もる仕事をしているのも理由の一つかもしれない。

レターは言うまでもなく、表の顔などない純粋なフリーランスの殺し屋。

キーマはレストランでフロア担当をしているが、これは完全なカバー――つまり隠《かく》れ蓑《みの》であり、気質としてはレターに近いものがある。

どだいパーティとして機能するにはまだ無理がある三人だった。

◇◆◇◆◇

トア達を待っていたのは、最悪の読み通り、赤い衣を纏い漆黒に輝く王冠を戴《いただ》いた大柄の髑髏《どくろ》。

手には黄金なのに禍々《まがまが》しい雰囲気を放つ二本の杖――微妙に意匠が違う、二本で一つと言われればしっくりくる一品ものだ。

アーティファクトだろうとアルパインは読んでいたが、正解だ。

神話に伝わるネビロスと酷似《こくじ》した容姿を前にして、冷や汗が皆の顔から滴《したた》る。

「大地の上位精霊ベヒモスをして一人では荷が勝つと言わしめる伝説の魔神か」

「いよいよ来るところまで来たな、私達も」

油断なく武器を構えたラニーナとルイザが、敵を見据《みす》えたまま呟く。

その後ろ、最後衛であるハザルも、戦いを前に決意を述べようとするが……。

「決めました。私、あいつに勝ってツィーゲに戻れたら――」

『黙れ』

ハザルに全員の視線が集まり、彼の発言は圧殺された。

「まだはっきりしちゃいないんだから、ネビロスに似ている誰かさんだと思いましょ。最初っから全力でいって、押し切れたらそれでよし。ダメなら……」

「後は出たとこ勝負、だな」

トアの言葉をルイザが継ぎ、ラニーナが頷く。

「観察は後ろに任せてせいぜいかき回してやるか、トア」

直後、魔人の瞳が怪しく輝く。

それが合図であるように周辺から武装したスケルトンやゾンビ、ゾンビゴーレムが這い出てきた。

「はは、そこはこれまでと同じか！　構わん、全員まとめてかかってこい!!　精霊の名の下に片っ端から昇天させてくれる！」

ラニーナが大斧《おおおの》と盾を構えて猛《たけ》る。

精霊の力を扱う神官戦士の系譜である彼女が得意技——敵の注目を一手に自分に集めるスキルを発動して突進する。

開幕の定番にして最強の安定感を誇る展開だ。

「おかげ様でこのひと月ですっかり私もアンデッドキラーよ！　お礼をどうぞ!!」

次にトアが短剣を二振り構えてラニーナの脇を駆け抜け、敵陣深くで無差別広範囲スキルをばら撒く。

攻撃、妨害、状態異常、様々切り替えて最適なセットを選択するが、共通するのは広範囲にして無差別攻撃である事。

今回はもう使い慣れたアンデッド向けの特効セット、聖水アレンジバージョンだ。

無差別で味方を巻き込みかねない故に威力も高い工作、暗殺を得意とする無影得意のスキルセット。トアはこれを、確実に仲間を巻き込まないで済む開幕に使うのを好んだ。

逆に乱戦になるとなかなかに使い辛いのが難点ではあるが、要は使いようだとトアは考えている。

「支援魔術特盛一式、一巡目完了。再召喚カウントと兆候把握《ちょうこうはあく》は私が」

「手早い！　そうやって仕事に集中している貴方は最高にできる男よ、ハザル！」

ハザルとルイザが仲間全員への支援系魔術を八対二の割合でかけ終える。

「取り巻きの規模の確認と掃討はよろしく！」

「任せて。トアとラニーナをさっさとあのボロ布着た物乞いに突撃させないと、始まらないもの！」

そこからは、戦場全体の把握と必要情報の収集だ。

これもまたアルパインではこの二人が主に担当する。

今回のように明らかにボスが存在する戦いの場合、最初に前衛二人が敵を撹乱《かくらん》しつつ戦型を整えるまで前線ラインを保つ。次に、後衛二人が各種支援魔術の展開を終えた段階で、前線の壁を結界で短期間代用。ルイザが砲手として高火力スキルで雑魚を掃討し、ハザルが情報収集の大半を担当、トアとラニーナでボスを釘付けにしつつ削っていくのが、アルパインの基本戦術だ。

基本の形というのは、そのパーティが最も信頼し、最も熟練している戦いの形でもある。各々の力もチームワークも一番発揮できるというわけだ。

初手、勢いは最高の形。

アルパインは未知のアンデッドと召喚された取り巻き達相手に優位を取った。

ラニーナが豪快に大斧と盾を振り回して赤衣への道を進む。

トアもまた敵陣の隙間を縫《ぬ》ってラニーナの進軍をサポートしながら、中距離スキルで最後の一体への牽制《けんせい》を欠かさない。

じきにルイザという高性能な砲台が機能しだし、召喚されたアンデッド達は為《な》す術《すべ》もなく輝く矢と光に貫かれて消滅していく。

アンデッドが復活したり追加されたりするスピードよりも、何体も一撃でまとめて殲滅《せんめつ》していくルイザが減らす方がずっと早い。

すると赤衣の魔神らしきものの瞳が再び怪しく輝いた。

「再召喚、今のところ瞳の輝きが兆候です！」

ハザルの警告に、わずかにルイザが顔をしかめる。

「早い！　この規模でこのペースだと……長期戦はあまり考えないでよ、トア、ラニーナ！　こちらも見境なく畳《たた》みかけていく！」

数分に一度、三桁弱の中級アンデッドを召喚。

反則級の召喚ペースだった。

アルパインにとって悪い材料が一つ。

前線のトアとラニーナが、武器を振るいながらルイザに返事をする。

「場合によっては私らごと当てちゃっていいから！」

「ほうれ、魔神、まずは挨拶代わりをくれてやるぞ！　トア！」

「合わせる！」

赤衣の魔神が振りかざした黄金の杖の一つを器用に盾で打ち払いながら、ラニーナはオレンジの光を宿した大斧を片手で軽々と横に薙《な》ぎ払《はら》う。

「スピリットオーズ！」

「シャドウスタブ！」

同時に、トアが短剣二刀流でスキルを発動した。

残る一つの黄金の杖を腕の骨ごとへし切り、もう一つの短剣で背後から首を掻く。

恐るべき事に、右と左、トアはどちらの武器でもスキルを発動させていた。

仲間との完全な攻撃の同期はもちろん、通常なら得意な利き腕でしかできないスキルの発動や制御を両方の腕で成し遂げる。

しかも対象の背後を取って初めて威力補正を受けられるトリッキーなスキルでそれをやってのけるのだから、トアの実力は尋常《じんじょう》ではない。

「っつぅ!?」

ラニーナのスキルは確実に直撃した。だが赤い衣の一部を破いたところで斧は止まり、代わりに耳障《みみざわ》りな金属音が一帯に響き渡る。

その瞬間、ラニーナはちらりと衣の内を垣間見る。

「そう、来るか！　トア、一時離脱だ!!　これは、一筋縄《ひとすじなわ》で、は、がぁぁぁ!!」

何かしらの攻撃で、ラニーナの体が宙を舞う。

「ラニーナ!!」

トアのシャドウスタブは杖を腕ごと落とし、もう一振りは首の骨を両断した。やや大きめの髑髏は瞳を輝かせながら地に落ちて、明らかなダメージを受けている――はずだった。

魔神の背後にいたトアは、ラニーナからの警告で一瞬早く対応が可能だったため、直撃は免《まぬが》れた。自ら接近戦の距離から離脱して、ハザルの展開した防御結界の外枠ギリギリまで下がる。

吹っ飛ばされたラニーナもすぐ傍にいた。

その間に、アンデッドの集団がわらわらと地面から生《は》えてきて、切り開いた道は再び、そしてあっという間に閉じてしまった。

「どうです、お二人とも。一合《いちごう》やってみた感想は？」

ハザルが支援魔術を再び展開しながら、得られた情報を共有しようとする。しかし、その表情は芳《かんば》しくない。

トアとラニーナだけ、支援魔術が解けるのが明らかに早かった。恐らくはあの魔神の特殊能力の一つだろうが、強化解除はハザルにとっては最高クラスに嫌な能力だ。

あと何巡、支援魔術を回せるかの前提の計算が狂う上に、継戦可能時間が短くなるからだ。

「とりあえず、頭を落としても召喚の中断は無理」

「腕が四本、だ。衣の中にもう一対腕がありおる。杖もちゃーんと持っておったよ。そして、短剣一本」

「短剣？」

ハザルは首を傾げる。

ラニーナが見たのは、胸の前で交差する形で畳まれた一対の腕と、それに握られた短杖《ワンド》。そして肋骨《ろっこつ》の内側付近にしまわれた蒼い短剣だ。

「胸辺りに、奴には似合わんキレイな蒼い短剣が一本、だ」

『!!』

トアがこのインチキ野郎とでも言いたげに魔神を見る。

「戦士としての能力は、あってもさしたる脅威ではなさそうだけど、杖が四本じゃあ、下手をすれば術の手数は四倍？　右と左それぞれで撃ってくるかも」

魔神は杖を拾い上げると同時に、自らの頭を鷲掴《わしづか》みにして首の上に置いた。

どうやらそれで元通りらしい。かなり理不尽な存在だ。

「ワ」

魔神の口が動いた。

『⁉』

即座にハザルが魔力や動きの有無を確かめるが、どちらもない。ただの声のようだと、彼は仲間達に目で伝える。

「我ガ名ハ、ヒイラギ」

「っ！？！？」

トアが目を見開き、そして顔を激情に染めた。

怒り。

普段の彼女からは想像すら難しい強烈な怒りで、トアは顔を歪めていた。

「我ヲ見捨テタ世界ヲ、我ハ許サヌ。ヤガテ偉大ナル赤ノ魔神ト成ッテ、世ヲ生キル生者全テニ報イヲ与エン」

淡々と言葉を紡ぐ魔神に、トアが何事かを呟く。

「……わよ」

「ん、どうしたトア」

ラニーナが起き上がる。

体のダメージを確認するが、さしたる支障はない。

むしろトアの変調の方が気がかりなくらいだった。

「我コソハヒイラ――」

「ふざけるんじゃ、ないわよぉぉ!!　その名を、喚《わめ》くなぁぁ!!」

何かがトアの逆鱗《げきりん》に触れた。

そして彼女は、明らかに怒りに支配されて突撃する。

この選択は間違いでしかない。

『トア⁉』

「土にぃ、還れぇぇぇぇぇ！」

「駄目だ、まず連れ戻さないと。ラニーナ、すみませんが」

ハザルが深刻な表情で首を横に振る。

誰か一人でも冷静さを失って勝てるような相手ではないのは明白だ。

「応。ただ、何を撃たれるか分からん。支援も弾幕も手厚く頼む。さっき吹っ飛ばされたのは多分、障壁系の魔術あたりを疑っているが、まだ確実ではない」

ラニーナはトアの後を追って突撃する。

「任せなさい、立て直しなんて日常茶飯事よ。私達にとってはね」

「ええ、そして最後には……勝つんです」

ルイザに頷き、ハザルが願いの言葉を絞り出した。

戦場は、一気に色濃い混沌に導かれていく。

魔神――ヒイラギの周辺に、黒い硝子《ガラス》の破片らしきものがいくつも出現した。

ハザルとルイザの後衛コンビを狙っているのが彼らの目にも見える。

「口を利くようになって手数も増えますか。ウチの大事なリーダーをおかしくしてくれただけでも腹立たしいのに……。丸裸にして、叩き潰してやろうじゃないですか。私、ボードゲームは得意なんですよ！」

自らを鼓舞《こぶ》しようと、再びハザルが怒鳴《どな》る。

やれる事はすべてやり、その上で女神に委《ゆだ》ねるのではなく、己の手足でもう一歩――より良い結果のために足掻《あが》く。

これが彼の掴み取った真理。

「……ハザルのはインチキありでの得意、じゃないの」

「ルイザ、うるさいです！」

「いえ、頼りにしている。戦場《ここ》には元々ルールなんてないんだから。来るっ！」

無数の黒い破片が防御結界に迫る。

間もなく接触し、そして弾けた。

「げ」

「……これは」

数個の破片が結界と触れた結果、両者が対消滅《ついしょうめつ》し、衝撃を放って消えた。

残る破片はもう結界では防げない。回避するほかない。

床や壁、召喚されたアンデッド達に降り注いだ黒い硝子は、対象に衝突あるいは命中すると炸裂《さくれつ》して衝撃を放ち……そして消えた。

「魔術とは対消滅、それ以外では炸裂系の効果？　取り巻きにも容赦しないとなれば……」

ルイザの冷や汗がどっと増える。

数分に一度大量に増やせる手下に命の価値などないという事なのだろう。

既に死んでいるアンデッドにどこまで命の定義をあてるかは別問題だが、また一方的にこちらに不利な状況が判明して、流石に彼女が嫌になるのが雰囲気で分かる。

「あんな破片数個で見合う結界じゃあなかったのに！　卑怯《ひきょう》にも程がある、インチキだ！　戦場にも最低限のルールとマナーってもんがあるんじゃありませんか!?」

「……ふっ」

ハザルの叫びを聞き、ルイザの口元に笑みが戻った。

ああ、救われている、と彼女は思った。

彼がどこまで狙って発言しているかは分からないが、全てが天然ではない事にはもちろん気付いている。

パーティのメンタル全体へのフォローという意味で、彼は実に多岐《たき》にわたって活躍していると言えた。

（仕方がない、やってやるわよ）

ルイザが再び戦意を漲《みなぎ》らせた。

——一方、前線では。

「ガードオブアトラス！」

ラニーナのスキルが発動し、攻撃を無効化する強固な緑色の光の壁が彼女の眼前に展開される。

「ルフラン」

その短い言葉でヒイラギの周辺に黒い欠片が大量に出現し、壁に殺到する。

全ては受け止められず、程なく緑光の壁は崩れ、ラニーナと背後にいる二人に追撃が向かっていった。

いくつもの炸裂音と衝撃が繰り返され、かわし切れなかったラニーナは、何度目かになる痛みに顔を歪めた。

「暴走したトアのおかげで大分あちらさんの手札も分かってはきたが……キツい、な」

一方、ルイザとハザルは手に入れたヒイラギの情報を確認していた。

「目の輝きが取り巻き召喚で、光が強まる前にどちらかの眼窩《がんか》を狙えれば阻止可能。左手の杖があの名称不明の黒晶。本体から切り離している間は発動しない。発動阻止条件は不明」

「右手の杖は、多分回復ですね。負の力が定期的に奴自身に入り込んでいくのが観察できました。

常時発動でしょうかね、こちらにとっては害しかありませんが、ヒイラ――あんちくしょうにはきっと心地よいんでしょう。これも杖を何らかの攻撃で手から離せば、効果が切れるようですよ」

ラニーナが後退させられたのに合わせて、しばらくヒイラギを釘付けにしていたトアも合流していた。彼女は謝罪の意味を込めて手を合わせる。

「……うん。さっきはいきなりキレてごめん。もう大丈夫だから、ヒイラギって呼んじゃって」

「あの赤いボロ衣にはダメージ軽減と強烈なカウンターダメージの効果がある。はがしてやろうと思って触れたら、気絶するかと思ったぞ。ただ、ダメージ軽減の方はそこまで強力じゃあないな」

一番近い位置でヒイラギと対峙したラニーナが、纏っている赤布の情報を追加した。

「で、普段畳まれているもう一対の腕ですが、左の短杖は強化解除。恐らく条件は攻撃を受けた時でしょう。他の杖同様、手から離れればその間は効果が失われます。で、右の短杖。あれが多分さっきの〝ルフラン〟です。短い言葉だけで発動して、直前に使ったスキルや魔術を復元する。手放させた事がないから、杖を持ってないと使えないのかは分かりません」

ハザルの分析をルイザが補足する。

「あの蒼い短剣の効果も不明だな。目に見えて力を与えている様子はないが、わざとらしすぎるほどにアレを庇《かば》う動きを見せるから、何かしらの効果はもたらしているとは思う……」

ここまでおよそ三十分の戦闘だが、アルパインはヒイラギと名乗った赤衣の魔神の能力を大分読み解いていた。

豊富な特殊能力に装備、魔術を掻《か》い潜《くぐ》ったりやり過ごしたりしつつ、魔神と一進一退の攻防を続け、そして得た情報の分だけ優位に戦闘を進めていると言える。

しかしながら、アルパインは生物のパーティであり、疲労は溜まる。そして物資も魔力も有限だ。

たとえば彼女達はもうヒイラギが召喚するアンデッドを千近く殲滅しているが、今この瞬間も、妨害しなければ奴らは限りなく召喚されてくる。

極力召喚を阻止しながら戦っていても、仕切り直しのタイミングではどうしても再召喚を許してしまう場面も多く、その度に掃討が必要になる。

そして、たとえ本体に全員の力を集中させられる状況を作り出しても、ヒイラギが装備している杖の能力が厄介極まりない。

支援が途切れればかけ直さざるを得ないし、回復され続ければ与えたダメージも無駄になる。

しかもヒイラギは、通常の魔術も遠慮なく無詠唱で放ってくる。

威力は控えめだが、エルダーリッチより少しマシという程度、冒険者にとっては十分な脅威だ。

「通常攻撃代わりの魔術の方は、顎《あご》を砕いておけばしばらく使ってこなくなるから楽なんだけど」

「うむ、トア。それは普通の魔術師でも同じだ。顎を砕けば大体魔術は使えない」

「いや、あいつ無詠唱じゃない？　それでも頭ごと吹っ飛ばすか顎を砕けばしばらく止まるってのは、やっぱ弱点の一つだからだと思うわ」

「……なるほど」

ラニーナが過去の動きを確認しながら、何度か頷く。

「なら、こちらの戦術は決まりですね。雑魚を片付けて再召喚は阻止、黒晶他に気を付けつつ、装備品を引っぺがす」

「で、顎を砕いて袋叩き」

「加えて短期決戦でね。長引いても向こうにしか利がない」

ハザルとルイザが立てた基本戦術に、トアが短期という言葉を付け足した。

シンプルであるが、難易度は凄まじく高いだろう。およそ現実的ではない。

「やーっと攻略手段が見えたね」

「その作戦を攻略手段と呼ぶのは、軍師への冒瀆《ぼうとく》だがな」

トアの楽天的な物言いに、ラニーナが苦笑した。

そしてルイザとハザルが力強く頷き合う。

「これまで散々奴の手品に高い代償をくれてやってきたんだから。ここからは私達が見せてやる番でしょう?」

「ですね。お代はヒイラギさんの命に負けときましょう」

召喚されたアンデッド達が迫ってくる。

ヒイラギはじっと生者を見つめていた。

構図だけなら、振り出しに戻ったように見える。

しかしアルパインの四人には覚悟と決意があった。

丹念に集めた情報があった。

駆け出すトアとラニーナ。

そして今回は、ルイザとハザルもそこに続く。

防御結界の展開の有無、そして前後衛の位置取りが初手とは大きく異なっている。

「出し惜しみはしませんよぉ！」

走りながら、ハザルが腰のバッグから二つのポーションを取り出して混合させた。

出来上がった方の瓶を口にくわえつつ、彼は何度かその作業を繰り返す。

「ナパームポーションだ！　雑魚はさっさと燃え尽きてどうぞ！　名付けて炎が使えないなら作っちゃえばいいいじゃない大作戦！」

まとめて投げ放たれたポーションの薬液が降りかかった場所から、指向性を持った炎が地を這って広がり、アンデッド達を焼き尽くしていく。

水と土の属性を使うのに長けたハザルにとって、火の属性は扱い難い。

だが、ポーションとしての炎なら話は別だった。

炎はハザルから放射状に拡散し、死の軍勢の勢いを大きく削いだ。

同時に一帯が明るく照らされ、周囲に高熱が立ちこめていく。

「炎対策こちらはばっちり、でも召喚されたばかりの奴らにはできない。やるじゃない、こっちも負けられない」

炎耐性がきちんと施されているルイザは、感心しながらスキルで矢を生成。即座に数発の矢を放つ。

ヒイラギの眼窩に特有の光が宿ったのを彼女は見逃さなかった。

だがこれまでにも何度か試みたものの、ルイザの矢で召喚阻止を果たせた事はない。

「ああ、いいわね。やはり無警戒。でも今回の矢は霊木から生成した特級品、抜かせてもらう！」

それまで、威力を加減したただの矢で何度も狙い、ルイザは罠を張っていた。

高威力のスキルも向けず、ダメージを与えるチャンスも犠牲《ぎせい》にしての、彼女なりの布石でもあった。

それが今、実を結ぶ。

「決まった！」

トアの喝采《かっさい》が結果を物語る。

再召喚は封じられた。

霊木から生成された矢はヒイラギの右目を貫き、眼窩に突き刺さったたまま。

淡い白に光る矢は力強く留まり続け、その場から動かない。

霊木はエルフにとって攻防どちらにも切り札になり得るが、希少かつ高価な素材だけにルイザも普段は少量しか携行しない。しかし、今回ばかりはこれまでに貯め込んだありったけの霊木を持ち込んでいる。

「うまくすれば、次の召喚も封じられる。喜びなさい、とっておきの霊木をお前に叩き込んでやる！」

「ガードオブアトラス！」

ヒイラギは黒い旋風《せんぷう》を放つが、ラニーナの盾から発せられるスキルに阻まれる。

更に黒晶が盾とスキルに群がるように放たれた。

半分ほどがルイザのカウンターで射ち落とされたものの、残りがスキルを破って盾に接触、大きく吹き飛ばされてしまった。

ただし、黒晶の犠牲になったのは盾だけだった。

そこにラニーナの姿はない。

「二本、もらう！　ベヒモスファング！」

「ガッ」

上空から、二本の大斧を手にしたラニーナが降下する。

彼女愛用の大斧は二つに分かれるギミックを搭載している。

ただの落下より明らかに加速した状態のラニーナは、そのまま上からの痛烈な斧の攻撃と同時に、ヒイラギの正面に着地した。

双斧の軌跡の上にあったヒイラギの両腕が耐えられるはずもなく、腕ごと杖が落ちる。

二本とは腕の事か杖の事か。

いずれにしろ、見事な一撃であったのは間違いない。

「……、……」

仰《の》け反《ぞ》るヒイラギの顔の傍で、トアが何事かを呟く。

「！？！？」

スキルを発動した形跡はなかったが、ヒイラギが明らかに動揺し、纏う雰囲気が弱体化したのが他の三人にも分かった。

「ナイスだ、トア！」

「ギギィイ、ギ、貴様ラァ！」

畳まれた一対の隠し腕が開かれ、胸元の裡《うち》にある蒼い短剣が露わになる。

「は、耐え時だな」

ラニーナの左手に嵌められた指輪が輝く。

「盾を装着している事にして盾スキルをいつでも使用できる。これを使わんのが誇りだったが、贅《ぜい》沢《たく》は言えん！」

双斧もある程度の防御に使えるが、危険度は盾持ちの時とは比べ物にならない。

「土臭イ亜人風《ふ》情《ぜい》ガ、死ネィ!!」

「スピリットコート！」

ラニーナがシールドリングを発動させると、彼女の体がブラウンの光膜に包まれる。

「ルフラン」

直後、黒い旋風がノータイムでラニーナに襲い掛かる。

「このっ！　ディタ・コンヴィーク！」

トアが使ったディタ・コンヴィークは、誤発動をさせないためにも宣言が絶対に必要だと認識されている危険なスキルだ。

さらに発動に宣言を必要としないスキル、シャープステップも同時に発動。加速と爆発的な攻撃力増加、状態異常付与率増加を得たトアは、ヒイラギの顎と――一瞬の逡巡《しゅんじゅん》の末、強化解除の杖を同時に狙う。

「ルフッ――」

だが瞬間的に攻撃力を火力職並みに高める代償は小さくない。

効果終了後には指先一つ動かせないほどの激痛がトアを待っている。

ディタ・コンヴィークを使ってしまった以上、効果時間内に仕留めなくては負けが決まる。

ともあれ再度の杖の能力の発動をトアの一撃が防いだ。

顎を一撃で砕き、残る反対の手で強化解除の杖を腕ごと斬り飛ばしてみせた。

杖の効果により、どっと強化分の力が抜けていく感覚がトアを襲う。

だが、完全には消えていない。

幸いなことにヒイラギが駆使する力は強化解除ではなく、支援効果を大幅に削り取るものだったようだ。

トアは何度か強化を無駄にされた時の感覚から、直感と経験で杖の効果を見切った。

一瞬の迷いはあれど、いまだ彼女の体は動き、そして十分な攻撃も加えられたわけだ。

残る杖は一つ。

ごめん一拍遅れた――と目で告げるトアに、黒い旋風に身を削られて片膝を突きながらも、ラニーナは問題ないと笑みで応じた。

「貴様にゃあ勿体ない綺麗な服だ。記念に私らにおくれやしないか？」

ガッと。

なんとラニーナが斧を手放し、代わりにヒイラギの赤い衣を掴んだ。

即座に伝わる強烈な痛覚と痺《しび》れるような嫌らしいダメージに彼女の顔は歪み、血管が浮き上がる。

食いしばる唇から血が伝い、目には涙が浮かぶ。

だが、離さない。

それどころか強引に引き、ヒイラギから衣を剥がしていく。

少しずつ、少しずつ。

ほんの数十秒の事でも、ラニーナにとっては永遠に等しい時間だったのではなかろうか。

「ほ、れ、トア。念願の、オタカラ、見えた、ぞ」

赤い衣が半ばほど引きちぎられたところで、ドワーフの女戦士は両膝をついて倒れ込んだ。

「っ！」

今日一番の集中力を発揮したトアが闇に溶け、ヒイラギの傍から姿を消した。

一番防御の薄い箇所《かしょ》を見抜いて、双剣による三連撃を三連打——合計十八の刃がヒイラギを襲う。

紛れもなく今の彼女が使える最強の攻撃だ。

発動条件の副産物で一瞬姿を隠したところで、結局攻撃の瞬間は身を晒す事になる。

これだけの連撃を叩き込む以上、何かしらの反撃があっても回避は難しい。

絶対に相手の防御を抜き、蒼い短剣を手にする確固たる意思がそこにあった。

「コレハ、我ダケノ、マモリガタナゾ！」

「届けぇぇ！」

予測でも確信でもなく、願いの言葉。

しかし現実は、トアの心からの望みをあっさりと蹴った。

甲高《かんだか》い音で、最後の一撃まで防ぎきられてしまう。

一瞬、トアの表情に絶望の差し色が加わった。

「甲矢《はや》カノンビビアン、乙矢《おとや》……トリックストライク」

青の閃光《せんこう》がルフランを使う杖に直撃、黒く染まったもう一矢は、露わになったヒイラギの肋骨の間を抜けていった。

カランと音を立て、短杖がかなり離れた場所で落ちた。

二つのスキルを、弓でこれほど早く連射できる射手はそうはいない。

甲矢に乙矢。

ルイザがライドウの弓に感化され、彼の弓技を少しでも吸収しようと教えを乞うた結果得た概念の一つだ。

弓道の理念と概念を一部己の弓に取り入れたルイザは今、彼女だけの唯一の道を歩み出していた。

「トア！　そんな顔はまだ早い、まだ終わらせない。そうでしょう!?　掴め！　取り戻しなさい！」

「ルイ、ザ」

一つめの青い弓矢スキルは、エルフのルイザが得意とする高威力の火力スキルだ。

そこまではトアにも理解できる。

だが、もう一つのはむしろ、トアの盗賊系ジョブに近い特殊なスキルだった。

ルイザがそれを習得していた事も、今初めて知ったほどだ。

「……私にも多少後ろ暗い過去はあるわ。でなければ、絶野でモルモットにされて死にかけたりはしないでしょう?」

トリックストライク。

放った矢をもって相手の装備や所有物を奪う、盗賊系の弓士ジョブ盗弓士《とうきゅうし》が覚えるスキル。

まっとうな、それもエルフの弓使いが得る事はまずないスキルだ。

ルイザに応え、トアが渾身《こんしん》の力で手を伸ばす。

「取った！」

「ア、　アア！」

ヒイラギの口から驚きとも怒りとも取れる声が漏れた。

蒼い短剣——名をラピスという。

荒野で失われた、トアの人生を縛った剣である。

トリックストライクによりヒイラギの骨の中からトアの近くに落ちた、運命の短剣。

遂にトアの手に収まる時が来た。

『有資格者を確認。トア。現相性、D』

「!?」

突然脳裏に響いた声に、トアは驚愕した。

『装備によるスキル発現候補、1。スキルを取得しますか？』

「スキル!?」

『回答を。スキルを取得しますか？』

再度の問い掛けに、トアは困惑しながらも答える。

「……す、する」

『スイッチ&スナッチを取得しました』

同時に、彼女の頭にスキルの内容と使い方が浮かび上がる。

対象との位置入れ替え、そして対象の耐性を一つ一時的に無効化する。

まずは自分と位置を入れ替える対象を選び、それから一時的に無効化する耐性を選んで発動させるようだ。

「すっご。誰がどんな耐性持っているか見放題じゃない」

思わず小さな独り言がこぼれる。

だが、残念な事に今は時間がない。

これで押し切らなければ負けなのだから。

トアは正面を見据える。

奥からハザル、ルイザ、ラニーナ、ヒイラギ、自分という並び。

「返セ、返セ」

「スイッチ&スナッチ」

ヒイラギと自分の位置を入れ替え、その耐性の一つを無効化する。

行動不能になるまでに残された僅かな時間でトアが無効化したのは、闇属性。

元々ヒイラギが持っていない神聖属性の耐性を選択した場合、何が起きるかは分からない。彼女は無駄撃ちを恐れた。

もしかしたら自滅を狙えるかもしれない闇属性で、奇跡を願ったとも言える。

「!?」

「ラニーナ、起きてる？」

位置を入れ替えたトアは、うつ伏せで倒れるラニーナに声を掛けた。

突如現れたトアに驚きながらラニーナは顔を上げ、ポーションを受け取る。

ヒイラギは瀕死。

もう何もできないかもしれないが、少なくとも顎は再生している。つまり、通常の魔術なら飛んでくる可能性はあるという事だ。

杖を取りに戻られても、阻止は難しい。

今は腕が切り落とされていて持てる手がないが、再生するのも時間の問題だ。

「もち、ろんだ。少しばかり全身に激痛が走っているだけだ」

「そ。私ももう少しでそんな感じになるから。後できるのはラニーナの盾になるくらいかな」

短剣のために無茶をしてくれたラニーナにトアが今してあげられる事は、それくらいしか思い浮かばなかった。

「馬鹿か、まだ動けるなら、私の盾をここに」

馬鹿って言われた、などと心中で頬を膨らませながら、トアは残る力で通称貴族の糸――先端に釣り針状の針を仕込んだ特別製――をやや離れたところに転がる大盾に引っ掛けて引き寄せる。

放つのも戻すのも、速度と射程の調整は装備が受け持ってくれるトア愛用の便利グッズの一つだ。

相応の重量がある盾をわずかに残る力で手元まで引き寄せると、トアはラニーナに向けてサムズアップする。後衛組だと純粋に力が足りないが、トアならばなんとかなった。

「後は、ルイザとハザルに任せよう」

「満身創痍《まんしんそうい》は同感だが、まだやれる事を探すのも、一流の仕事、だろう？」

うへぇ、と苦い顔をするトア。

これ以上ないほどにやりきってしまったと彼女は考えていた。

手元に念願の短剣があるのも、トアの気を緩ませたかもしれない。

あるいは、ハザルとルイザが今も連続攻撃をヒイラギに浴びせ続けられている事への安心感もあったか。

「人ト女神ト精霊ヲ拒《こば》メ、万魔殿《ばんまでん》！」

『!?』

滅多打ちになっていたヒイラギが叫び、彼の周辺に黒曜石の如き輝きを放つ結界が構築される。

「……ちぇ、闇属性じゃなかったかぁ」

トアは始まった激痛にではなく、ヒイラギの奥の手だろう結界に不満を漏らす。

ややとぼけた口調だった彼女の目から、ぽろりと涙が落ちた。

「無属性か。そして何か仕込んでおるな。あちらも、必死だ」

ルイザとハザルは何やら言い争いながらも苛烈な高威力スキルと魔術をなおも浴びせ続けている。

だが、有効打はかなり減っていた。

ヒイラギの展開した結界だか特殊能力は、二人の攻撃を一部防ぎ、一部消し去り、中に通った攻撃も威力を多少減衰させているようだ。

「……ぁぁ」

「トア？」

「勝ちたいなぁ……どうか、誰か、トドメを。あいつを、倒して……！」

物語の主人公に近い戦いをして、成果も出た。

だが、最後の勝利を掴めなくては、そんなものに価値はない。

トアの心からの渇望《かつぼう》の吐露《とろ》。

最早身動きできない彼女には、本当に願う事しか残されていない。

「……ああ、勝たねばな」

悔《くや》しさの滲《にじ》むトアの願いに、ラニーナは小さく頷いた。そして、後衛の二人に声を張る。

「ハザル、ルイザ！　迷っている事があるなら全部やってしまえ！　こちらは任せろ！　やれぃ！」

「っ！　そっか、まだ手はあるのか。だったら……どっちでもいいから、ぶっころせー!!」

大声を出すだけでも叫びだしたくなる激痛が、ラニーナとトアの体中を駆け巡る。

それでも二人は叫ばずにはいられない。

一秒でも早く。

ただその一念で二人は叫んだ。

「信じろ、ハザル！」

聞こえてきたルイザの声に、トアとラニーナが、苦笑を浮かべる。

「よりによって、ハザルかぁ。〝うっかり〟で死にたくないよね」

「本当にやるべき時はやる男さ。さて……では、ヒイラギには邪魔してもらいたくないな」

ラニーナがすっくと立ち上がる。

「？　ラニーナ？」

あまりに自然な所作に、トアは彼女が本当に回復したのかと錯覚したほどだ。

シールドリングも破壊されたラニーナだが、手には長らく付き合った大盾がある。

すぐに足ががくがく震え、彼女はヒイラギに向けた盾によりかかるようにして、なんとか姿勢を保っている。とても戦える状態ではない。

「万魔ノ黒曜」

ヒイラギが結界の中から純度の高い、つまり高威力極まりない魔術を放ったのが、トアにも分かった。

生憎《あいにく》、視界はラニーナと彼女の盾が遮《さえぎ》っているから術の全容は不明。

駄目だ、と必死に否定するもトアの体は言う事を聞いてくれない。

「まったく、これほど満ち足りた生があろうか。アルパインに感謝を。フェイス――」

ラニーナの盾が壊れはじめる。

「――ディボーション」

真っ黒な光なんてあるんだ。

そんな感想と一緒に、トアはとうとう意識を手放す。

「ラニーナ、あの馬鹿！」

舌打ちするルイザに、ハザルが声を掛ける。

「ルイザ、行ってあげてください。ここまでお膳立《ぜんだ》てしてもらったらやるしかありません。任せてください」

「猶予《ゆうよ》は？」

「七秒」

「！　おま――貴方に賭ける。アルパインを全部！」

ルイザはラニーナとトアのもとに急ぐ。

ヒイラギが放った儀式魔術のような黒い光条は、ラニーナが盾で逸らした。

どう考えても捨て身の防御をもって、だ。

この上、ハザルの切り札に巻き込まれでもしたら、二人の犠牲は確実になってしまう。

ならば、助けに向かったルイザは余裕綽々《よゆうしゃくしゃく》活力全開かといえば、そんなはずはない。

顔は土気色、普段切れる事がない魔力はとっくに危険域に到達している。

起きているだけで奇跡的だ。

ハザルもだが、アルパインで満身創痍ではないメンバーは一人もいない。

それでも、四秒と少しで二人と合流したルイザは、ハザルに合図を送り、そして残りの霊木すべてを防御に使って、結界とも言えない力任せのフィールドらしきものを作り出した。

それを見届けたハザルが、その手に二本の小瓶を握りしめる。

(我が研究の全て。これまでは魔物にすら恐ろしくて向けなかった。理論上、そして逸話の威力の八割でも出てくれれば十分倒せる。自信を持て、ハザル。今この時だけ、天才ハザルに戻るんだ！)

「くらえ、アンチマテリアルポーションッ‼」

ハザルが二つの小瓶を野球の投手ばりのフォームで投げつける。

ポーション投げは、製薬系ジョブでフィールドワークも嗜む者なら誰もが子供のうちに取る基本スキルだ。

この局面でも、ハザルが絶対の信頼を置ける技でもあった。

そして放ったのは彼がツィーゲで長く研究する間に作り出してきた中で最も威力が高く、最も恐れる薬。

ほんの一滴で研究室が跡形もなくなったトラウマがある代物だ。だがそれも、今は心強い。

あれから更に、上位竜の牙まで使って改良を施してあるのだから。

投げた一つはカンベエから調達した材料で製薬したもので、ハザルは手元にあった一本と若干色合いが違う気がするなどと思ったが、多少効果が変動したところで問題はない。

アレは、そんな次元の威力ではないのだから。

だがあえて言うなら、この時のハザルが成し遂げた奇跡は、この〝色合いが少し違う方〟だった。

「？」

大事に慎重にここまで持ってきた、初めてまともな量が作れたアンチマテリアルポーション――純然たる破壊の粋《すい》。

ヒイラギの展開する万魔殿に触れて砕けた瓶は、薬液を散らし、轟音《ごうおん》と強烈な光を発し、黒曜の結界を消し飛ばした。

その様は現代兵器のスタングレネードと高威力の爆弾を組み合わせたかのような強烈な代物だった。

だが、その爆発で発動したもう一つ、色違いの間に合わせ品。

これが奇跡に至った。

解放された薬液は空中で一瞬ふわりと浮き上がったかと思えば、姿を見せたヒイラギを含む空間を球状に展開し、再び隠してしまった。

そして球状の薬液は収縮し、小さくなっていき……消え去った。

音もなく、光もない。

ただ包み、そして消えた。

ヒイラギがいた場所はお椀型《わんがた》にくりぬかれ、床もなくなっている。

『……』

誰も言葉を発しない。

ハザルは二つ目の異様な挙動と効果を見て、完全に目が点になっている。

他の三人は気を失っている。

トアとラニーナは元々限界で意識を失っており、二人を守りに行ったルイザも最初の凶悪ポーションの音と光で気絶してしまっていた。

広大なドームの中で、立っているのはハザル唯一人だった。

「……は、はは」

勝った。

予想外の結末ではあったが、勝った。

オリジナルの最強ポーションであるアンチマテリアルポーションが、まだ真なる姿を残していた事は衝撃だったが、勝ったのだ。

その実感が彼の中で爆発的に育っていく。

これまでで一番の達成感と歓喜が、体中で暴れ回る。

仲間達のところに行って喜びを分かち合いたい気持ちはもちろんある。

そんなハザルがとった最初の行動は〝真後ろにぶっ倒れる〟だった。

「もう、動けません……気持ち悪……」

確かな勝者であるハザルもまた、その場で意識を手放した。

アルパイン、全員気絶も依頼達成。

◇◆◇◆◇

「やれやれ」

ハザルがぶっ倒れてしばらく。

誰一人目を覚まさないドームで、動く影が一つ。

レターだ。

キーマとキャロの姉妹はツィーゲでアルパインと面識があるから出ていく事はできないらしく、この隠密任務で表立って動けるのは彼一人であった。

任務内容はアルパインのサポート。ただし彼らだけでの依頼遂行が不可能だと判断される場合においてのみサポートする。

結局、最後まで観察しているだけで終わってしまった。

とはいえ、四人の体がどれほどダメージを負っているのかはまだ分からない。

まずそれを正確に確認するため、遂にレターが四人の前に出てきたのだ。

「ハザルは、魔力切れと安堵で寝ているだけだな。放置か魔力回復ポーションくらいで良かろう……大した男だ。問題は……」

闇の住人として、レターはアルパインに思うところも多々あるが、ここでの彼らの戦いと探索は、それらを含めてなお、称賛《しょうさん》を抱くに相応《ふさわ》しい偉業《いぎょう》だった。

誰とも口を利いた事すらないのに、長年付き合ってきた仲間や友人であるかのような錯覚すらあった。

「トア。ディタ・コンヴィークの反動と、元々の負傷もそれなりに酷いな。これは……放置すれば反動が終わる前に死ぬ」

次に確認したのは、エルフの女。

「ルイザ。あの音と光で意識を失ったようだが、魔力切れの一歩先まで症状が進んでいる。細かな負傷もさる事ながら、ヒイラギの黒いアレのダメージが蓄積しているな。自然治癒を待つのはまずい」

そして、文字通りボロボロになったドワーフの女に目を向ける。

「ラニーナ。これは生きているのが不思議だな、意識の覚醒《かくせい》どころか、いつ死んでも頷ける状態だ。盾役、タンクとしてはこれ以上ない働きをしたから相応とも言えるが。誰かのために命を投げ出す──俺には一番理解できん生き方だよ」

まるで一人ひとりに語り掛けるように、レターは全員を診断する。

パーティで動く通常の冒険者とは違い、何もかもを一人でこなし、一人で請け負って生きてきたレターには、必要とするあらゆるスキルが高レベルで備わっている。

負傷の診断なども当然そこに含まれる。

ゆえに的確な状況確認が可能だった。

「――つまり、俺だけではどうにもならん！　キーマ、キャロ、どうせ誰も起きちゃいない。出てきて治療を手伝え。なに、手柄はお前らが望む通り全部俺がもらっておいてやる」

「ちょ、いきなり名前を呼ぶんじゃないわよ、老害！」

「三人でも特にこのドワーフは間に合わんかもしれんと言っている。それでも俺一人でやれというなら、この中の二人は確実に死ぬぞ」

「う……緊急事態という事ですね。戦い自体は勝利しているのですから、助けるべきです。彼らは助かるべき人達だと思います」

レターの呼びかけに応じ、姉妹が渋々といった様子で姿を見せる。

「キーマは症状に応じたポーションの代用品を精製しろ。お前ならお得意のスパイスでやれるんだろう？」

「……ち、当然でしょ」

「キャロはあのやばい香でまずは鎮静を頼む。問答無用で眠らせるだけじゃないんだろう？」

「ええ、分かりました。途中で刺されても心地よく眠っていられるように、心穏やかでいられる香ですね」

「あー、効果の程度は任せる。その後は傷の治療だ。ただ、ハザルは放っておくと一時間ほどで目が覚めるかもしれん。最初に深く眠らせておいてくれ」

レターはてきぱきと指示を出していく。

人と群れない生き方は選んだが、人を使えないわけではないという証左《しょうさ》だ。

指示内容は正しいと思っているのか、キーマも憎まれ口はきかず、大人しくレターに従った。

「あの化け物の命令だからってわけじゃなく、全員救ってやりたい気分になるなんてな。俺達がサポートについていたのも、お前らの幸運だ。運も実力のうちか」

『……』

無意識なのか〝俺達〟と口にしたレターに、姉妹の突っ込みはない。

キャロは生温かい視線でレターを見守るばかり。

キーマは恥ずかしい奴、と言わんばかりの目をしていたが、姉の牽制で沈黙した。

こうして、アルパインは大方の予想を超えた形で無事に探索を終了したのだった。

◇◆◇◆◇

「あ、お帰り？」

『……』

なんとか動けるレベルでツィーゲの傍にある通称ティナラクの森に戻ってきたアルパインとレターを、僕は偶然を装って出迎えた。

一応、手にはアリバイ代わりのアンブローシア――それなりに希少な薬花を持っている。

色々予想外の活躍をしたアルパインは、一部巴も予想していなかった展開とドラマを繰り広げつつ、無事、ほとんどの保険を使用せずにクエストを達成した。

代償として、それはもうぼろぼろになってほぼ全員死にかけていたので、そこはこちらが用意したサポート要員が頑張ってくれた。

それと同時に、サポート要員にもなってもらった、キーマとキャロっていうツィーゲにおけるクズノハ商会の協力者の二人から報告を受けた僕は、トア達が戻ってくるここに先回りしたんだ。

なんとなくアンブローシアを取りに行くっていう名目で。

ちなみに、巴も一緒に来ている。

ラストの戦闘が繰り広げられたドームには、ティナラクの森への転送ギミックが仕込まれていて、レターを通じて発見させた。

それにしても、ハザルがトンデモポーションで大活躍したなんてなあ。

夢みたいな本当の話だ。

アンチマテリアルポーションってなんなんだよ。

あと、明らかに違うもう一種類の未知のポーションもだ。

巴と識はともかく、途中、興味なさそうに報告を聞いていた澪と環まで食いついていたぞ。

「ライドウ、さん。それに巴様も」

ようやく僕らに気付いたトアが、少し驚いた表情を見せた。

「応。見慣れぬのも連れとるが……探索の帰りか？」

「は、はい。あの、お二人はどうしてここに？」

まだ体が痛むのだろうか、時折顔をしかめる様子が痛々しい。

トアだけじゃなく、ハザル以外全員がそんな感じだ。

ルイザは頭痛が続いているようだし、ラニーナは明らかに覇気《はき》がない。

「ああ、サラダの彩《いろど》りにちょっとね」

アンブローシアをひらひらさせる。

「それを……サラダの彩りに」

「これが好きな子達がいてさ。ここで採っている事は内緒ね。僕らも、その新しいお仲間（？）の事は発表されるまで内緒にしておくからさ」

「そういう関係でもないんですけどね。でっかい借りを作っちゃいました、はは」

トアが力なく笑うも、蒼い短剣ラピスはしっかりと腰の後ろに差してある。

「アルパインはヒーラーを募集しとるんじゃったな。まったく、さっさと誰か見つけて鍛えれば良かろうと助言をくれてやったろうに」

「言葉もありません……」

トアは巴の言葉が心底身に沁みた様子で項垂れる。

「まあ、良いわ。こんなところに寄り道をしているようなら、それなりに余裕はあるんじゃろ。行け、そしてまた探索の成果で街を湧かせてやれば良い」

「そうか。未踏領域の探索だっけ。ご帰還おめでとうございます、だね」

そして長らく追ってきた念願の達成、おめでとう。

僕は心の中でそう付け足した。

報告だけじゃなく、後で細かな映像も見せてもらおうかな。

「……はい。詳しい話は回復次第必ず」

「うむ、養生せい」

「お大事に」

五人が僕らの前を通り過ぎて去っていく。いや、ツィーゲに戻っていくんだ。

特別な帰路だろうな。

「巴、大分厳しい試練を強いたもんだね？」

「まさかあそこまでやるとは。儂も驚いております」

「もうちょい簡単にしてやれば良かったんじゃ？」

僕の指摘に、巴は珍しく少しはにかみながら答える。

「あんなのでも儂と澪の初めての冒険者の弟子ですからな。いわば愛弟子《まなでし》一号《いちごう》」

「愛弟子」

「はい、最初は若に命じられての雑用でしたが、長く付き合えばそれなりの情も移るというものです」

「命じられてじゃなくて、お願いされて、ね」

「おや、そうでしたかなぁ」

「ふふ。まあいいや。僕は結果良ければ全てよしって言葉、結構好きなんだ。最後はやっぱり頑張ったなりの結果が待っていてほしいから」

「……ですな」

「じゃアンブローシアも取ったし、僕らも帰ろうか」

「はっ」

おめでとう、トア。これからトアがアルパインと一緒に自分だけの新しい目的を見つけて幸せになっていくのを、陰ながら祈っている。

もうとっくに見えなくなった五人の背がある方向に一度目を向けると、僕と巴は我が家に、亜空に戻った。

5

亜空で初めて花見をした日からおよそ二ヵ月経った。

どたばたした、濃密で忙しい時間。

動き出せば早いとは、よく言ったものだ。

ツィーゲはもちろんの事、亜空も、そして今回は直接関わってないロッツガルドの店舗まで少々慌ただしく動いた。

人員の移動を含めて、この二ヵ月はクズノハ商会にとって大改編の時期になった。

ようやく、記念すべき今日という日を迎える事ができたけど……ほんっとうに、長かったよ……。

「若、正午にはツィーゲの店舗にお越しください。儂も今日はツィーゲの拡張区域を回る予定ですが、午前中に済ませてそちらに向かいますゆえ」

ツィーゲのクズノハ商会の事務所で出かけ前の身支度をしていた僕に、巴が声を掛けてきた。

「分かった。澪と識も大丈夫だね？」

「無論です。澪はもう仕込みに入っておりますし、識はモリスと打ち合わせがあるようですが、こちらも朝のうちに済むと申しておりました。しかし若、何やら結局、諸国を回っておった時よりも忙しい毎日でしたなあ」

巴が意地の悪い笑みを浮かべた。

実際、各国への断れない〝お呼ばれ〟を済ませたから、ある程度落ち着けるだろうと思っていた僕の考えは、全く間違っていた。

それを突っ込んでいるんだろう。

「完璧とは流石に言わないけど、なんとか乗り切ったんだから、あまり苛《いじ》めないでくれよ。連日レンブラントさんに引っ付きながら革命に備えた会議にもほぼ皆勤で出席して、ロッツガルドの講師も結局休まずやりきったんだからさ」

レンブラントさんに商人や商売の実態を講義してもらいながら、亜空のみんなの意見も聞いてアイオンの革命とツィーゲの独立時のクズノハ商会のスタンスを調整。その傍ら、ロッツガルドではジンをはじめとする先輩生徒達と新しく入れた後輩生徒を相手に講義を行って。

あ……思い出しただけで吐きそう。

二ヵ月前の僕の決断は、どれも決めたらやる事が山のように降りかかってくるものばかりだったらしい。

最初の一ヵ月は一番しんどくて、部屋で一人の時、意味もなく笑っちゃったりしていた。

寝る時間もほとんどなかったもんな。

耐えきれなくなって力尽きて、従者の誰かに発見されて再起動する感じだった。

……明日は思いっきり寝るんだ。

誰がなんと言おうと、三時間は寝てやる！

「……お決めになったら逃げないというのは大したものだと感心するばかりですが、見守るこちらとしましては、冷や冷やする毎日でもありまして。ともあれ、苛めるつもりなどは毛頭ございません。流石は我らが主と、概《おおむ》ね誇らしく思うておりますとも」

「……ありがと」

「ああ、そうでした。午後からの挨拶回りは、儂と識もご一緒させていただきます。是非にと、うるさい所が何箇所かありますゆえ」

「分かっている。頼らせてもらうよ」

「さて、この頃の若を見ている分にはそれほど儂らが必要になるとも思えませぬが。では後ほど」

「うん。エレオール商会の代表によろしく」

本格的な夏を前に、ツィーゲは長くその位置を変えていなかった外壁を作り直した。

荒野側に少しと、アイオン側に大分拡張したおかげで、街に新たな土地ができて地価も全体的に少し下がったみたいだ。

またすぐに上がるからごく一時的なものだと、エレオールの代表は土地を買《か》い漁《あさ》りながら爽《さわ》やかな笑みを浮かべていた。

工事の決定や実際の施工《せこう》で凄まじい金額が動き、当然彼も相当額を負担したのに、実に良い笑顔だった。

つまり、それ以上に儲《もう》かるって事なんだろう。

恐ろしき不動産業界。

以前、エレオール商会から買わないかと持ちかけられた土地は、巴を伴って改めて商談をして、結局購入した。

あの金額で〝商売をする気がない〟のだから、動くお金は日用雑貨の比じゃない。

冒険者が取ってくる荒野の素材も大概とんでもない値がつくとはいえ、あっちは文字通りの命がけ。

そう考えると、同じ大金でもなんか理不尽を感じなくもない。

土地を買った商談以降、ちょくちょくエレオール商会と関わるようになった巴を見送りながら、そんな事を考える。

「ま、理不尽がどうのと思ったところで……僕もその彼から土地を買ったし、普段も親しくさせてもらっている。外壁の中の土地には、需要と供給の他にも安全の値段も上乗せされて決まっているんだし、第一その値で欲しい人がごまんといる。街の中だからって、巨額の取引ともなると命も絶対に安泰《あんたい》なわけじゃないしなぁ」

それで成り立っている以上、どこかでバランスが取れている。

どこまでギリギリを見極めるかは商人の嗅覚次第なんだから、僕なんかだと転げ落ちているような際《きわ》どい所に、エレオール商会の代表は立っているんだと思う。

僕はといえば、そこまで鋭い嗅覚なんて当然持っていない。

レンブラントさんに教えを受けるうちにはっきり自覚できた。

だから、安全圏でそれなりの商売を続けている。

そして新たに買った土地と以前から持っていた土地に店舗を建て、ここツィーゲでも遂に独自の店を持つ決心をした。

せっかくだから、在庫の増量やら店員の増員やら、店から上がってきていた要望を大いに聞き入れた結果、かなりの大型店舗になってしまった。

で、今日がその店のオープン日というわけだ。

朝から——いや、前日の夜から従業員のみんなが忙しく動き回っている。

流石に疲労も見えるけど、概ね表情が明るいのは僕にとって救いでもある。

巴も澪も識も、今日は一日ツィーゲにかかりきり。

臨時の助っ人として、ロッツガルドからアクアとエリス、ライムも連れてきているから、まさにクズノハ商会総出のイベントだ。

しかし……。

「アイオンで動きがありそうなこの頃に、クズノハ商会がツィーゲにでっかい店を開く、か」

別に開店にも日取りにも、意図は込めていない。

ないけど、妙な意思表明にも受け取られそうなタイミングではある。

今更行く道を変える気はないんだから、気にするだけ無駄。されど自分の間の悪さを自虐するのもまた自由、と。

実際にはレンブラントさん達によって色々コントロールされた上での開店日なのかもしれないけど、それを言い出したらきりがない。

——コンコンコン。

ノックの音が僕の思考を中断させた。

誰だろう。

「どうぞ」

扉から顔を見せたのは、森鬼の少女。

「若」

「エリスか。どうした？」

「開店のお祝いにって、商人連中やら冒険者やらが湧いてる」

「……ああ、そうか」

そういえば、開店前の時間に開店祝いを持って挨拶に来る連中がある程度いるだろうって、レンブラントさんから聞いていた。

本来商取引で付き合いがある人だとかは開店後に挨拶に来たり、またこちらから挨拶に伺ったりするけど、冒険者や顔見知りでない商人なんかは、開店前に来るのが慣例なんだそうな。

冒険者なんかは開店待ちのお客に回る事も多いから、実質そうした挨拶に来るのは商人がほとんどだという事だったけど。

それにしても、こんなに早くからか。

まだ開店まで大分あるのに。

「分かった。すぐ行くよ。やっぱり商人が多いかい？」

「今のところは冒険者の方が多い。多分奴ら、お祝いを言った後は開店待ちの列に並ぶ算段」

「あ、なるほど」

「今この時なら普段は声を掛けられないクズノハ商会のトップに顔を見せて名乗れる、と考えているのが多数。ちなみに開店待ちの行列は何度も折り返しながら、前の通りを物凄く埋めている。これぱかりはロッツガルドでは見られない光景。……全く見たくないけど」

「行列も順調に育っているって事ね。了解。整理してくれている子達に、他の迷惑にならないようにって伝えておいて。話自体は街に通してあるから大丈夫だけど、並んでいるとお客さんもイライラして色々あるだろうからね」

「抜かりなく」

目の端を一瞬輝かせたエリスがサムズアップしてみせた。

……アクアと混ぜないと個人的にはアクが強すぎるって感じるけど、これでエリスもお客さんとは上手くやっているんだよなあ。

売り上げも結構なものだし。

四階の事務所から出て、エリスを伴って一階へ。

新生クズノハ商会は地下一階地上四階という豪華な構造だ。

ツィーゲでは三階まである建造物はちらほら見かけるようになってきたけど、四階は滅多に見ない。

おかげで建物だけで目立つ事ができるという、ありがたいおまけになっている。

さてと、開店祝いに来てくれた人達は、っと。

……うお。

視界に入ってきた人のあまりの多さに、僕は一瞬眩暈《めまい》を覚えた。

「おい、エリス。これはちょっと凄い数じゃないか、おい」

「おい、と。二度言ったからには大事な……」

「……なんか、名刺持ってるのまでいるし」

「うっわ。スルーしたし。ボケ殺し、反対ー」

エリスはとりあえず放置して、通用口の周囲に集まった人達を改めて見る。

湧いてる、とはよく言ったもんだ。

中には、名刺を持った連中も結構いる。僕から名刺についての話を聞いたレンブラントさんが面白がって実際に使いはじめたおかげで、最近妙に広がりつつある。

多分お祝いの品だろう物と一緒に手に持っていたり、ひらひらさせたりしているのはどうかとも思うけど、一部冒険者も所有するほど名刺って定着しつつあったのか。

ロッツガルドだと見ないものだけに、なんか新鮮だな。

トア達も、探索から戻ってきたら妙な習慣が流行り出してるから面食らっていたっけ。

僕も今日来てくれた商人の方々にはサプライズの一つとして名刺を渡そうと思っていたけど、この分じゃああまりサプライズにならないかもしれない。

レンブラントさんの影響力、とんでもない。

「まあ、行くしかないか。せっかく来てくれたんだし」

「迷うまでもなく若しかいないわけだから、凄い事になると思うよ。どうする、十秒ルールとか必要？」

「なんだそれ。十秒で次の人にって事？」

「そそ、秒数はともかくね。適当なとこで私が、あーりがとーごーざいまーす！　って背中を押して次に行ってもらうって寸法」

「……どこの握手会だ。でも頼む。もう二、三人連れてきて一緒に対応してくれる？」

「お任せあれ～。名刺やら贈り物やらはちゃんとまとめて分かるようにしておくから、後で確認よろしく、サー」

謎の敬礼を残して、エリスはトコトコと店の方へ消えていった。
言動はともかく……まあ、使える優秀な娘なのは確かだよな。
最近は前よりもそう思えるようになった。
じゃあ、クズノハ商会代表として働きはじめるとしますか！
通用口を開けて、僕の長い一日がスタートした。

◇◆◇◆◇

——地下一階。
取り扱い品目は武具全般。一般客向けに道具の修理や相談の窓口も。
満員御礼。
——一階。
取り扱い品目は食料品全般。澪監修の飲食処と催事もここ。
満員御礼。
——二階。
取り扱い品目は薬品全般。調合相談もあり。
満員御礼。

――三階。

取り扱い品目は日用雑貨及び趣味の雑貨。亜空産の陶器、工芸品等。

満員御礼。

ここまではまあ、開店当日という事もあって、予想の範囲内だ。

最高の状況予測って意味でだけど。

……でもさ。

――四階。

事務所。

満員御礼。

これはどういう事!?

無事に開店して、店にお客さんが流れ込み、少しした辺りで何もなく順調に営業ができているのを確認した僕は、巴と識を伴って周辺とお得意様の一部に挨拶回りに向かった。

ここまでは予定していた事だ。

関係者の方々にも、挨拶に来ると予告してくれた人にも、その間は店を空けますと伝えていた。

とはいえ、若干急ぎながら挨拶を終えて店に戻ってみればこの有様《ありさま》だ。

事務所部分の四階にも人が溢れていた。

事前にお祝いに来てくれた人達とはちゃんと開店前に全員と顔を合わせてお帰りいただいたし、

当日には来られないからと送られてきたお祝いの品についても、きちんと捌ききったというのに！

　何故こうなる⁉

「あ！　ライドウ氏！」

　誰かが口にしたたった一言で、僕に視線が集中する。

　間違いなく僕を目的に集まった人達なんだと確信させてくれる行動だ。

「大方、店の繁盛ぶりに危機感を覚えた連中でしょうなあ。直後に動く行動力は評価できぬ事もないですが、ウチを過小評価する眼力は見込みなし。さて……」

　巴が小声で呟き、識もこれに続く。

「中にはツィーゲの外の商人もおりますな。今後の取引先として繋ぎをつけたいという者もいるのでしょう。そうでないにせよ、これだけの箱に見合うだけの人の入り方ですから、代表に挨拶をしておきたいと思うのは、商人としては当然の行動かもしれません」

　にしたってだよ。

　これからレンブラントさんも来るのに……。

　ええい！

　僕は半ば自棄《やけ》になって一歩踏み出す。

「お待たせいたしました。当商会代表、ライドウと申します。本日はご来店まことにありがとうございます。これより御用向きを伺わせていただきますので、今しばらくお待ちくださいませ」

すっかり反射でできるようになった笑みを浮かべながら、全員に向けて挨拶する。

その後気合で――でもそんなもんだけじゃ結局どうにもならないから巴と識にも手伝ってもらって――全員の相手をしていった。

澪は一階で、全力で働いていたから動かすに動かせず。それでも、途中で待っている人向けに簡単な一品料理と飲み物を提供するという形で協力してくれた。待っている人の間を埋める、ありがたい手助けだ。

澪は気を利かせてツィーゲではあまり見ない和食寄りの料理を準備していた。

下の料理屋でお出ししているものですと伝えると、大体のお客さんは珍しそうに手を伸ばしてくれた。

澪も何気に凄く成長していて、厨房での人使いが堂《どう》に入《い》っている。

どうしても時間が足りなくなるようなら、残りの人にはお帰りいただこうと考えていたけど、結局その必要なく挨拶や商談にきた人の相手を終える事ができた。

もっとも、商談については、今日は受け付けていないから後日改めてと断り、詳細な話までは突っ込んでいない。担当の割り振りを含めて仕事が増えたけど、詳細な商談までまとめようとしたら確実に破綻していたし、これは仕方ないと思う。

僕にはレンブラントさんや、この街に数人いる天才商人みたいな商才はないし、それを補いうる長年の経験もない。短時間で相手から持ち込まれた商談の総合的な損得までも判断しきるのは無理だ。

「つ、疲れた。予想外の仕事だよ……」

「それでも、レンブラントが来るまでに全部終わらせたではありませんか。いや、お見事」

「いくつかはモノになりそうな商談もございましたし、予想外ではあれど無駄な時間ではありませんでした。お疲れ様でした」

思わずため息をつくと、巴と識からどこか温かな視線の労いが返ってきた。

「あとはレンブラントさんが来てくれたら、今日の予定はお終いか」

「はい。その後はどうぞ、ごゆっくりお休みを。明るくなるまで睡眠を取るがよろしいかと」

「ええ、明日は一日ゆっくりお過ごしください。今日の売上などご覧になりたい資料についてはこちらでまとめておきますので」

「そうさせてもらうよ」

今日ばかりはアイオンの動きもどうでもいい気分だ。

もし今夜どかんと動こうものなら、全力で八つ当たりしてくれる。

「にしてもさ、お祝いの品々ってのは、あそこまで大量になるんだね。片っ端から亜空に置くようにしたから場所は困らなかったけど、下手したらあれ、営業に支障が出そうだよね」

「それだけ、クズノハ商会への注目が大きいのでしょうな」

巴の返答に頷きながらも、開店祝いの贈り物を思い出す。

一応、奴隷と生き物以外はお断りする事なく頂いておいた。

後でそれなりの物をお返ししなきゃな。

店の方は日暮れを迎えてなお、人の入りが凄いけど、事務所には少し落ち着きが戻ってきている。

……この分だと、澪の食事処は恐ろしい事になっていそうだな。

あいつ自身は元々毎日出るつもりはないって話をしていたけど……開店初日が最初で最後にならなきゃいいけど。

「いやいや、恐ろしいな……これほどの賑わいとは。上から下まで隙間がない」

いつの間にか、事務所の入り口にレンブラントさんが立っていた。

「レンブラントさん」

「挨拶が遅い時間になって申し訳ない、ライドウ殿。開店おめでとう」

「ありがとうございます。時間通りですから、どうかお気になさらないでください。私の方こそお迎えに出られず、失礼いたしました」

「ライム君が応対してくれていたよ。気にしなくてもいい。なんでも飛び込みの商人連中まで丁寧に対応していたそうじゃないか。さぞ疲れたろう」

見ればレンブラントさんの後方にライムの姿が。

彼はすぐに僕らに一礼して、階下に戻っていった。

お疲れ様。

「まだまだ、もう少し余裕をもって約束のお客様をお迎えすべきでした。先ほどつい口にしてしまいましたが、疲れたなどとはとても言えたものじゃありません」

「ふふふ。まあ、あれだ。いくら若いうちでも、行きすぎた完璧主義は長続きするものではない。無理は、しどころを弁えた方がよろしい。もっとも、その辺りは頼りになる側近の意見に素直であれば問題なかろうがね、君の場合」

「本当に、彼らには助けられています」

どこまでやるべきで、どこまで突き詰めるのか。その辺りのバランス感覚は本当に難しい。経験を積むうちにある程度は身につくものだそうだけど、レンブラントさんから見て、今日の僕は入れ込みすぎだったのかもしれない。

開店初日って事もあったとはいえ、少しなりふり構わず動きすぎだろうか。

だとしたら、反省だな。

「うちに間借りした時には妙にすんなりと始まってしまって、ライドウ殿も実感がなかったかもしれないが……その顔を見ると、今日は十分に感じているようだね。店を開いたという、実感を」

「はい。これからツィーゲで根を張っていけるよう、精進《しょうじん》していきます」

「既に十分張っているさ。ツィーゲを覆うほどの大樹になる事を期待しているよ」

「そんな」

「私も負けてはいられないな。単にツィーゲの大商会としてだけではなく、観光名所としてもクズノハ商会はこれから一層の集客を見込めるし、事実そうなるだろうからね」

四階建てのインパクトは相当大きかった。

挨拶に来てくれたご同業も、皆一様に驚きを口にしていったのが印象的だった。

「現状でもレンブラント商会は半ばそうなっていると、私などは感じますが」

「二枚看板と見られた時にレンブラント商会が見劣りせんように、だよ」

「まさか……」

思わず苦笑した僕を見たレンブラントさんが、直後それまでの柔和《にゅうわ》な表情から真剣で鋭い表情になって口を開く。

「……そんなクズノハ商会の動向について、ツィーゲからアイオン王国へは碌《ろく》な報告がいっていない。こちらで意図的にさせてもらっているとはいえ、私の読みでは今日クズノハ商会が大々的に開店した事で、君の商会はアイオン王国にとって確実に大きな不穏分子と見做《みな》されるだろう」

「……はい」

「切っ掛けの一つと言えばそれまでだし、今更この国の大きな流れを変えるなど、できる事でもない。更に言えば、クズノハ商会を的になどさせんし、奴らが相手どるのはこのツィーゲの街そのものだ。それでも……すまない」

そう言って、レンブラントさんは頭を下げた。

「いいえ。正直に言いますが、今夜派手に動くんじゃないなら、アイオンの動きは今だけはどうでもいい気分ですし」

本気で余裕がなくなるくらいに疲れているから、今の本音はまさにそれだ。

うちの開店をレンブラントさんがどう利用しようと、味方がする事だ。

別にいい。

「……はははっ、そうか。では長居はやめておこうかな。これは私からの開店祝いだ。あとで開いてみてくれ」

レンブラントさんが席を立って帰ろうとする。

渡されたのは丸まった書類、っぽいもの。

まずは見送りが先だ。中身は後で確認しよう。

あ、待てよ。

確かライムに案内されて階段から来ていたな、レンブラントさん。

なら、アレを紹介がてら使ってもらおうか。

どうせもらったこれも、何かびっくりするようなものだろうし、ならこっちもちょっとサプライズしよう。

「お待ちください。お帰りならこちらへどうぞ」

そういって彼を呼び止めて、廊下の奥に案内する。

僕らが到着したのは廊下の突き当たり、そこにある扉。

「行き止まり、いや、部屋かね？」

「どうぞ」

先導して扉に触れる。

音もなく両サイドに扉がスライドして開く。

促されるまま入ったレンブラントさんと一緒に僕も中の狭い部屋に入って、壁に触れる。

それに反応して、自動で扉が閉じた。

そう、これは地下一階、地上四階の構造になった時に思いついた現代の設備。文明の利器、エレベーター様である。

ちなみに動力は搭乗者の魔力。この場合は僕の魔力を使う。

壁をスケルトンにして外から見えるようにしようという提案もあったが、恥ずかしかったのと、防犯上危なそうだったから却下した。

「うおっ!?」

僅かな震動を感じ、レンブラントさんが驚きの声を上げた。

「大丈夫、部屋ごと下がっているだけです。落ちているような感覚はないでしょう？」

「う、うむ。落ちるというか、ゆっくりと降下しているような……不思議な感覚だな」

「これで上下の移動を行うんです。まだお客さんに使ってもらうほどの規模でやるかは決めていませんが、一応従業員用で採用してみました」

一階に到着。

やっぱり階段より格段に楽だ。

高層のお店を作るのは確かに便利だけど、お客さんには足の悪い人だっている。

備えておくに越した事はない。

「……いやはや、とんでもない発想をする者がクズノハ商会にはいるのだね。いや、本当にとんでもない」

「あはは、驚いてもらえました？」

「贅沢者の魔力の無駄遣いと見るか、魔術の生活への浸透と見るかで意見は分かれるかもしれんが……私は新しい技術や製品というものは好奇心と試行から生まれるものだと思うタチだからね。大いに驚いたし、それ以上に感動し、もちろん評価したよ」

一階の食品売り場を遠い目で見つめながら、レンブラントさんが長いため息をゆっくりと吐き出すような口調で語った。

「……そこまで言ってもらえるとは思いませんでした」

「ライドウ殿。これからも末永く、よろしく頼む」

「こちらこそ」

最後に挨拶を交し、レンブラントさんは待たせていた馬車に乗り込んで帰っていく。

あの人、新発明とかに弱いタイプなのかな。

そういう一面はこれまでに見た事がなかったけど、大富豪とかが発明やら芸術やらのパトロンになる例は歴史上いくらでも見られるから、おかしい事でもない。

今のところは、魔力のコントロールやら、広さと消費魔力の効率やらの問題でお客さんが使うには少々問題があるエレベーターだけど、実装に向けてちょっと指示してみようかな。

多分どういう形にせよ、動力としてエレベータードワーフとかエレベーターオークが必要になるけど。エレベーターのために人を増やす、か。

うーん。

「若、レンブラントは帰ったようですな」

「お見送り、お疲れ様です」

「ああ、巴、識も」

見送りを終えて事務所に戻った僕に、二人が声を掛けてきた。

「で、若。奴は何を置いていったのですかな。あのレンブラントだけに、ちと気になりまして」

「その紙が娘二人との婚姻届だと、澪殿が色々危険になりますしね」

「嫌な事言うなよ、識。それに、あの親馬鹿なレンブラントさんがこんな風に娘を差し出したりするわけないだろ?」

と言いながらも、若干の不安を感じる。

恐る恐る紐解《ひもと》いて、巻かれた紙を開く。

「地図？」

それは地図だった。

それもツィーゲの地図で、クズノハ商会がある区画のものだ。

地図が開店祝い？

「ふむ、これが開店祝いとな」

「……若様、巴殿」

何かに気が付いたのか、識が一点を指差す。

「識？」

ええっと？

「ほう、なるほど。やはり面白い事をする奴じゃの」

「え、ええっ⁉」

識が指し示したのは、ツィーゲの中央から放射状に伸びる大通りの一つ。

確か、リメイシィ通りとかいう名前だった。

「これ、そ、そこの道の事だよね？」

一応確認する僕。

「間違いありませんな。今日からそこの通りは〝クズノハ通り〟だそうですぞ、若」

「あの男には、まったく……。この街でどこまでの事ができるというのでしょうな。確かに面白いですが」

巴と識は感心したり驚いたりしながらも、どこか冷静だ。

いや、こんなの普通呆然とするしかないだろう?

識が指差した通りの名前。

そこには確かにクズノハ通りと記されていた。

モノではなく、名前をプレゼントとは。

それも、街の通りの。

「何か……凄い事になってきた気がする……」

そんな僕の呟きが夜の闇に呑まれて消える。

じきにアイオン王国では革命が起き、折を見てツィーゲは独立を宣言する。

その流れの中で少なからず戦いも起き、僕も当事者の一人として関わっていくのだろう。

通りの名前が変わるよりも、遥かに凄い事がもうすぐ起きようとしているのだけど。

それでも……。

背後の店の賑わいを見て、聞いて。

この町の賑わいと活気は失わせたくない。

そう、思った。

「おくつろぎのところ、失礼しまっす!」

「失礼いたします!!」

森鬼のエリスとアクアが二人とも事務所まで上がってきていた。

「エリスにアクア。二人とも抜けちゃって、お店は大丈夫？」

商会勤務では二人ともエース級なのに。

「お客人をご案内。ようやくちょっとだけサボれた……」

「あ、あの！　なんでもリミア王国でお世話になったから一言お祝いをと頭を下げられまして！」

アクアの言葉に、僕は首を傾げる。

リミア……はて。

「飛び入りの多い事多い事。若は人気者ですなあ」

「あのなぁ、分かってて言ってるだろ、巴」

「かかっ、はい。で？　なんと名乗っておる、その世話になったとかいう者は」

「エンブレイ商会のルーグ、だそうっす」

「はい、そのように」

「え!?」

知り合いだと言いながらその実全く知らないのが強引に関係を持とうとしてきたパターンも今日は結構あった。

巴もその辺をからかってきたんだろうけど、間違いない知人の名前が出てきた。

「で、その人は今どこにいるの」

「すぐそこで待ってもらってる」

と、エリスが部屋の外を指差す。

なら話は早い。

「ありがとう、二人とも。会うよ」

「了解。じゃ、不本意ながら私達は地獄に帰るぜベイベー」

「……エリス」

笑顔のままの巴が、一言だけエリスの名を呼んだ。

「！　それでは全力で店舗勤務の任に戻ります、サー!!」

……どんだけ態度変えるんだ、お前。

相変わらず清々《すがすが》しいな。

きちんと去り際に客人を部屋に迎え入れるのを忘れない手際の良さがまた……。

そして彼女と入れ替わりで事務所に入ってきたのは……本物だ。

ルーグさん本人で間違いない。

彼とはこの間まで、じめじめして辛気臭い霧がでろーんと広がっていたリミアの秘境ナイトフロンタルで一緒だった。

「しばらくぶりになります、ライドウ殿。リミア王国エンブレイ商会の相談役ルーグでございます。

かの地でのお誘いを年甲斐もなく真に受けまして、少し前からツィーゲの見物に参っておりましたところ、クズノハ商会の新店舗が開店すると聞き及びました。で、せっかくの機会ですので、ご挨拶に伺いました。この度はまことにおめでとうございます」

お誘い……確かにツィーゲにも遊びに来てね的な社交辞令は言ったような。

あー、やるんだよなあ、レンブラントさんクラスの人になると。

冗談や世辞《せじ》みたいな言葉を本当にしちゃうやつ。

「あ、ありがとうございます。まさかこれほど早くルーグ代表……が……ん？」

さっきは代表と言っていなかったような……。

「あれから代表の座を退《しりぞ》きまして、今は気ままな相談役をやっております。ナイトフロンタルでの経験は、私の人生をも大きく変えてくれました」

僕の言葉が途中で途切れた理由を察して、ルーグさんは今の立場を説明してくれた。

相談役。

日本でもドラマとかでたまに聞いた言葉だ。

ただ、役職としては一体何をする人なんだか、よく分からない。

「そう、ですね。他の皆さんとも会われているんですか？」

「もちろん。ともに生き抜いた……ある意味仲間ですから」

ルーグさんと世間話やあの湿地での話を重ねていく。

三日ほど前から滞在していたが、僕らが忙しそうだったから挨拶のタイミングを逃していたと、申し訳なさそうに謝罪もされた。

こちらこそ街を案内する約束を果たせてなくてすみませんと、謝罪返しもしてみたり。

店舗開業、それに伴う亜空との人員移動、レンブラントさん達との寄合、アルパインの帰還に……。

めっちゃ忙しかったから、挨拶に来てもらってもどこまでおもてなしできたか怪しかった、濃ゆい期間だった。

「では、近々おすすめの店の食べ歩き、約束通りお付き合いいただきますから。お土産も期待してください」

「それはこちらの台詞《せりふ》ですよ、ライドウ殿。よろしくお願いいたします。ああ、アルグリオ様からも、土産と称して色々と預かっております。この際、開店祝いとしてお受け取りください」

リミアの大貴族アルグリオ＝ホープレイズが……僕に？

さらにルーグさんは勿体ぶった様子で続ける。

「それから……」

「はい？」

「ご迷惑でなければ、私のような老骨《ろうこつ》でもそれなりのお役に立てます。しばらくお手伝いさせていただけるなら、自由に使っていただきたく……」

「え、そんな事――」

反射的に遠慮しようとする僕の言葉を遮り、識が会話に入ってくる。

「それは助かります。このツィーゲでも名を轟《とどろ》かせるリミアの豪商エンブレイ商会、その地位の立役者たるルーグ殿の手腕を拝見できる機会があろうとは。この識、是非ご一緒させていただき、見学などできれば誉《ほま》れでございます」

「……識、じゃあ任せる」

何をどこまで見せていいものか。まだ僕にはその匙加減《さじかげん》が難しい。

ここは識に甘えて、ルーグさんの力も貸してもらうとしよう。

人、本当に足りてない感じなんだよな。

特にヒューマン枠が。

ルーグさんなら能力的には申し分ない。

その分、ツィーゲのスポットを存分に紹介して楽しんでもらって、恩返ししておこう。

「思わぬ助け舟が来ましたな、若。確かに、ヒューマンで腕が立つ御仁《ごじん》が手助けしてくださるならば、大いに助かります」

「ああ、珍しく……ツいてる」

いつもなら不幸が飛び込んでくるのに。

「情けは人の為ならず、まさに、かと」

「はいはい」

なんとか一日目を切り抜けつつある商会の実情に胸を撫で下ろしながら、僕はそれでもひっきりなしに届く報告に目を通し続けた。

◇◆◇◆◇

深夜。

街の音もやみ、ツィーゲにもようやく静かなひと時が訪れていた。

とはいえ、最近不夜城とも称されるようになったこの街では、場所によっては熾火《おきび》のように活気が続く場所もある。

しかし少なくとも、この部屋に一人残る男の周りは静寂《せいじゃく》に包まれていた。

彼の名は、パトリック＝レンブラント。

ツィーゲにおいて誰もが認める大商会、レンブラント商会の主である。

「……」

レンブラントは無言のまま、机に積まれた大量の紙の束に次々と目を走らせていく。

左手で紙を送り、右手に持ったペンで時折何かを書き留めていた。

彼が今頭に入れているのは、言うまでもなくアイオン王国とツィーゲの情報である。それも、各地に放っているレンブラント商会の目と耳が集めて送ってくる、最新のものだ。

当然毎日、何らかの報告は彼のもとに上がってくる。

革命に乗じてツィーゲの独立を果たそうとする今、その中心人物でもある彼は、文字通り寝る時間も惜しむ日々を過ごしている。

「……ふむ。まだ難しいところはあるものの……道筋はできた、な」

これがクズノハ商会の若き代表であれば、とっくに情報の海に溺れて現実逃避をしていたであろう。奇跡が起きても、情報の整理までがせいぜいだと断言できる仕事量だった。

それでも才覚と経験のどちらも駆使したレンブラントは、毎日多少の睡眠時間を確保していた。

その上できっちりと状況を把握し、アイオン王国で起きる革命とツィーゲの独立について、その見通しを立て終えたようだ。

「随分と慎重ですのね」

不意に女性の声が響き、レンブラントが書類から目を上げる。

「……これはこれは。驚きましたな、貴方が人の部屋を訪ねるマナーを何一つ守らないとは、流石に予想もしていませんでしたよ」

「さぷらいず、というそうです。ライドウ様から教わりました」

突然の来客に、レンブラントが非常識への皮肉を混ぜて応じた。

約束もない夜更けの来訪というだけでも相当に失礼な事だ。サプライズと言って許されるものではない。

「それで納得するとでも？　彩律様。深夜にノックもなく、約束は当然ない。不審者でしかありませんな」

「確かに。ええ、非礼はお詫《わ》びします。申し訳ありません。ただ、私達はお互いに、もう少し深く知り合う必要があると思いませんか、パトリック様？」

彩律と呼ばれた若い女性は、それなりに辛辣《しんらつ》なレンブラントの視線と言葉を受け流し、艶《つや》やかな口調で彼に流し目を送る。

彼女はアイオンの隣国、ローレル連邦で重職にある人物だ。

その立場を考えると、今彼女は信じられないほどに危うい行動をとっている。

「さて、私はお互いに必要な事は把握していると考えていますが」

対するレンブラントはこれまでの態度を崩さない。

淡々と彩律の次の言葉を待つ。

「あら、昔のような辣腕《らつわん》を再び振るうというのに、そちらは随分と淡白な事。私が知っているはずの貴方のお姿とは少し違っているようで」

「ローレル連邦の諜報の力を見せて私に圧力でもかけるおつもりか？　昔のようなやり様を見せたとしても、人格までも昔に戻る方が不自然でしょう。そこまでお調べでしょうに、おふざけになる」

「奥様と娘さん一筋、ですか。どうも……それが私の目には不自然に映るのです。貴方の経歴と性格に照らし合わせると、僅かですが違和感を覚えます。私達は同志となろうとする間柄《あいだがら》。ほんの小さな違和感でも、ないに越した事はありません。その上でのお誘いだったのですけれど、ね」

彩律は、レンブラントを見定めるかのように、僅かに目を細める。

「体を重ねれば、信頼し合えるとでも？　まあ……共犯者になる時の常套手段《じょうとうしゅだん》であるのは認めましょう。だが、それは個人と個人の間でだけ通用する錯覚。到底、ローレルの中宮が口にする事ではありません」

「……」

「今回の件に当てはめるには、少々規模が違いすぎる。何を焦っておられるのかは存じませんが、そちらの相談にならば、場合によっては乗りますよ？」

「やれやれ。女としては非常に傷つきましたが、奥様とご家族を一途《いちず》に愛しておられるのは今納得できました。頭ではどちらに転んでも目的は達成できると分かってやった事でも、やはり痛いものは痛い。今後は控えます」

彩律がレンブラントに向けて呆れたような口調で降参とも取れる言葉を放った。

彼女の中で、レンブラントに対して抱いていたなんらかのしこりが霧散《むさん》した事が分かる態度だった。

「まったく、妻に疑われでもしたら、私の一日が最悪になるところだ。貴方も傷ついたらしいが、私にばかりリスクがあるこんな手段は金輪際《こんりんざい》やめてもらいたい」

レンブラントはため息を吐きながら彩律の行動を非難した。

無理もない。

深夜に、執事さえ遠ざけて仕事をしていたはずなのに、部屋には妙齢《みょうれい》の女性がいた。

明らかに男に分が悪い状況だ。

「ローレルとしましても、この一件は非常に重要な案件ですから。不確定な要素は、たとえ個人的な印象であっても確かめておきたかったのです。何分にも、一番の不確定要素であるクズノハ商会は迂闊《うかつ》に触る事ができない状況ですので、ね」

「クズノハも、ライドウ殿も極めて簡単な存在ですよ。気持ちは分からないでもないが、彼らは誠意には誠意を、刃には刃を返す。実にシンプルな論理で動いています」

「そのシンプルさがどこまでいくのか分からないのが、時に恐ろしくもあるのです。国の政《まつりごと》に関わる身としては余計に」

「まあ、どこまでも、でしょうな。実に気持ちがいい」

「これでも女神を信奉《しんぽう》し、水の精霊様に仕える身としましては、貴方ほどには割り切れぬものです」

今度は彩律が、ため息混じりにレンブラントの言葉に非難の色を込めて返した。

「ははは！　割り切れぬ、ですか。割り切れぬなりに我々に協力を申し出てクズノハ商会にも恩を売ろうとする。貴方は先ほど〝どちらに転んでも〟と仰ったが、その行動原理でこれだけの決断力を有する。いや、実に恐ろしい方だ」

「貴方ほどではありませんよ。世の全て、これまで己が属した常識を切り捨ててでもライドウ様に傾倒《けいとう》するなど、正気の沙汰ではないでしょうに」

「いやいや、存外に私達は似ているのかもしれませんな。だからこそ、信頼はともかくとして、信用はできる。私は貴方のその強《したた》かさを高く評価し、下される判断を信用していますよ」

「……私も、貴方の狂気、それを支えている信念は信用しています。たとえ何があろうと、貴方はクズノハ商会を裏切らないとね。だからこそ、彼らとの対立を避けたい私は貴方を信用できるのです」

「まったく。つまりなんの問題もないという事です。我々は――」

「良い関係を築いていける、ですね」

レンブラントの言葉を、彩律が継いだ。

「ええ」

「分かりました。静かな夜を邪魔してご免なさい。改めて謝罪しますわ、パトリック様」

「いえいえ。次からは約束を取り付けた上でお願いしますが、歓迎いたしますよ。あ、そうだ。せっかくなので私からも一つ、伺ってもよろしいですかな?」

「もちろん。なんなりと」

「貴方の行動や提案から少し疑問に思ったのですがね。果たして〝貴方にとって〟巫女とは一体どのような存在なんでしょうな」

行動や提案から――というのは建前だ。

レンブラントも当然、彩律の情報は集めている。

彩律について情報を集めていたからこそ、彼女について疑問に思う事。

その一つをレンブラントは尋ねてみせた。

「……っ。そうきますか」

「ローレルの諜報能力だけを見せ付けられるのも、いささか不公平かと思いまして」

「……私にとって、あの方は……」

「あの方は？」

「妹であり、娘であり、そして君主でもあります。いえ……違いますね」

「……」

ゆっくりと紡がれる彩律の言葉をレンブラントは沈黙をもって待つ。

「きっと……彼女は私が、何を賭《と》してでも守りたいもの、なのでしょうね」

そうして改められた言葉を受け、レンブラントの目が驚きの光を宿した。

「ほう……それは、また。中宮たる者にとって、当然巫女は重要な存在でしょうが、突き詰めれば代わりがいる存在だと受け止めているとばかり……」

「代わり？　確かに本来はそうあるべきでしょうが。私にとって巫女はあの方一人。ふふ、これは中宮として大いに資質を問われる答えですね。内密に願います」

「当然です。しかし、なるほど。これで私の方もいくつか貴方に感じていた疑念が解けました。この時間を私にとっても有意義なものにできた。嬉しい誤算です」

「それは何よりです。では、お休みなさいませ」

「良い夢を」

来た時と同じように音もなく扉を閉めて、彩律が退室した。

再び部屋に静寂が戻る。

「ふ……正気でないのはお互い様か。判断基準が〝当代の〟巫女の安全だというのなら、あの思い切った偏りにも納得できる。これは思わぬ収穫だったな」

一人になった彼が呟く。

「巫女への配慮を欠けば寝首を掻かれるかもしれんが、翻せば巫女への配慮を怠らず、受け入れる限り、あの中宮は信用していいという事になる。これまでより格段に奴の真意の所在を掴み易くなるのは実にありがたい……」

ローレルの中宮から協力の申し出があった時、当然ながらレンブラントは相当警戒した。

無論、現在に至るまで彼の中で彩律への最低限の警戒心は解けていない。

しかし、彩律の行動原理の一部を掴めた事で、レンブラントの心中で彼女の行動に納得はできつつある。大きな前進だった。

「だが、どちらに転んでも、か。確かにこの件でローレルは絶対に損はしない。実に巧妙な位置取りだ。あの女、商人としても相当やれただろうな。この国にもあんな官僚がいくらかいれば……と思わんでもないな、まったく」

それでも、彩律が抜け目ない人物である事は疑いようがない。

有能だが、良きパートナーとして付き合っていくには骨が折れる。そういう相手だとレンブラントは改めて認識した。

「ともあれ、やるべき事はしてきた。その自負もある。あとはか細くも正しい道を選び続けるのみ。俺にできる事など、もうそれくらいしか残ってないのだから……」

後悔しないために力を尽くした。

部屋の灯りが消える前。

レンブラントの最後の言葉には、その思いが込められていた。

◇◆◇◆◇

クズノハ商会リニューアルオープンから数日後の夜。

レンブラント邸にかつてないほどの商人が集められていた。

ツィーゲで商いを生業とする者にとって、レンブラントからの招待は実質強制召喚に等しい。それも文言の中に〝可能な限りは必ず代表が〟と添えられていた今夜の催しである。

豪華な広間に、見劣りしないだけの料理の数々を前にしても顔色が優れない代表達の姿が数多く見受けられた。

「おい、ライドウもいるぞ？」

室内で談笑しているライドウに、悟られる事のない視線を向けた数人が小さな声で話している。

「当然だろう？　まだ店舗を新しくして日も浅いんだ。ロッツガルドにとんぼ返りってわけにはいかないさ。いくらレンブラントさんのお気に入りでもな」

「なんだ、もうあいつに媚《こ》びを売る気かよ。変わり身の早さは相変わらずか」

「言ってろ。噂じゃあいつ、リミアのエンブレイ商会とも懇意にしてるって聞くぜ？　俺はもう降りた、お手上げだ」

「アルパインまで連中を贔屓にしやがる。見る目のねえ奴らばっかりだ、この街は」

「ち、なんであの野郎ばっか。あんだけ目立って裏から手が回らねえのはどんな手品だよ」

彼らは、これまでツィーゲの商人が集まる会合や寄り合いといったものにあまり出席してきていないライドウがこの場にいる事を怪訝《けげん》に、そして不快に感じていた。

つまり、クズノハ商会によろしくない印象を抱いているグループだ。

割合で言えば全体の二割から三割といったところ。

この街で商売に従事し、野心を持ち、若く、ある程度の才能を持ち合わせつつも十分な好機に巡り合えずにいる人物達でもある。同時に、何故ライドウとクズノハ商会が表裏どちらでも生き残っているのかに考えが思い至らない視野の狭さ、情報網の弱さという欠点も持っていた。

一方、別の場所でもグループになった商人達が付き合いのある者で集まって話をしている。

「いやいや、それでも最近はミリオノ商会さんにはやられっぱなしだ。参りますよ、まったく」

「幸いにも、ギルドからも冒険者の皆様からも良くしていただいております。ですが、ここのところ私どもに良い風が向いてくれている理由は……」

「やはりレンブラント商会と上手に付き合っておられる事、ですかな？」

「それは皆様も同じでは？　どうも、違う風が加わっているようでしてね」

「……ほう？」

「そちらとも是非今後も上手くやっていきたいですからね。我々は潰し合わなくてもいい。そうでしょう？」

「教えて、いただけると」

そう問われた男は会話に参加している面々を見回し、声のトーンを落として続ける。

「もちろん。とても簡単で、絶対に守らなくてはいけないルールと一緒にお教えします。いいですか？　クズノハ商会と〝誠実に〟付き合ってみる事です」

「クズノハ？」

会場の所々にできたいくつかの人の塊のうちの一つで続いている会話だ。

それらには皆、共通した特徴があった。

最近急激に成長した商会達がその中心にいる、という事だ。

彼らはそれぞれ予定された相手を巻き込み、予定された話を聞かせている。

クズノハ商会の名前だ。

普段なら相手の策を疑うだろう。だが、今夜は少し事情が違う。

話をしている者も、話を打ち明けられた相手も、クズノハ商会の後ろ盾が何かを知っていて――燻《くすぶ》る若手とは違い――レンブラントがこの街を実質掌握している事も知っているという点だ。

そのクズノハ商会は、とんでもない規模の店をオープンさせたばかり。

当然、周囲のサポートがないとそれは実現できない。

この街にほとんどいない若い代表がやった事としては、にわかに信じられないが、彼のためにレンブラントが街の通りの名称まで変えてみせたのだ。

決定的な事実だった。

少し離れた場所で、エレオール商会の代表も商売仲間と似たような話をしていた。

「で、ではエレオール商会が押さえていた土地は、あのライドウ……殿に献上するためだったとでも？」

「その通り。まあ勝率は高いと踏んだ上での賭けでしたが……あの通りの店を建ててみせた。行かれましたか、皆さんは？」

「ああ。正直あれは……悪い冗談だ」

「ここじゃ上手くやっている方だが、あれだけの店を建てるだけの蓄えがあるはずもない。ロッツガルドでも相当稼いでいるという事か……」

「私が知っているのは土地の売買に関する事だけですが、ライドウ殿は全額現金一括払いでお買い上げくださった。実に、珍しい買い方でしょう。おかげ様で私の方の直近の土地買収も大いにはかどりました」

「なん、と……」

「あの広さの土地をか。珍しいというよりも、ありえん」

今彼らの周りにいるのは、ツィーゲで中堅に属する商人で、レンブラントもそこそこ注目している層にいる者達だった。いずれの商会の代表も、レンブラントから今後の展望を先んじて教えられ、彼とは深い関係を構築している。この者達の最近の成功も、レンブラント商会と関わりを深くできた事が強く影響しているのは間違いない。

やや遅い段階ながら情報を与えてもよいとレンブラント達に判断されて、今夜の会話に加われたわけだ。

全体で見れば三割弱。

ライドウを面白く思っていない若手と併せて、今日招かれた商人達の大体半数になる。

それに、少ない需要を満たす特殊な商会や、特に強い野心を持たない個人商会——要はクズノハに積極的な関心を抱かない現状無関係な者達が四割近く会場を埋めている。

業種が異なったり、客層が異なったり。同じツィーゲにあってもクズノハ商会にほとんど関わらない商会も少なくはないのだから、当然だ。

「……ふぅ」

つけ慣れないネクタイを緩めて給仕からグラスを一つ受け取ったライドウは、人ごみからやや離れた場所で一息つく。

多くの視線が様々な思惑で彼の動向を気にしているが、微妙に牽制し合って、すぐに近づく者はいなかった。

流石の彼も、人目があると分かる場所では服装を崩したりはしない。

ある程度は察した上で気を抜いたわけだ。

「今頃、レンブラントさんは老舗《しにせ》の皆さんと最終確認か」

会場に招かれた残る一割ほどの商人は、このツィーゲで長く商売を続けてきた老舗の代表達だ。

彼らは現在の街の活況にも確実に対応し、その名を落とさず勢力を保っている。

肩書きや表向きはレンブラント商会と並ぶ、あるいは上に位置する商会もそれなりにある。

彼らは招かれてすぐ、レンブラント商会によって別室に通された。この場には顔を見せた程度だ。

レンブラントは今日、アイオン王国の動きについて商人達に公開する。

根回しの段階は過ぎたという事だ。

もっとも、開示される内容にクズノハ商会の立場やローレル連邦の関与は含まれないが。

「……」

ライドウは吐き出そうとしたため息を押し込め、服装を直す。

そして手にしたグラスを空けると、会場に戻った。

時間だった。

ライドウが再び商人達の集《つど》う場に戻った数分後。

今夜のホストであるパトリック＝レンブラントが、ここにいる誰もが知っている大物達とともに現れ、場の空気が一気に変質する。

別室に行った大物達と今登場した人物の数が一致しているのを見て、ライドウが僅かに眉をひそめる。

前々からある程度の話を通している、とはレンブラントに聞いていたが、本当に全員を納得させたとは、なかなか信じ難かったからだ。

とはいえ、ライドウから見たレンブラントは、完全無欠のスーパーマーチャントだ。

そこで行われた密談の詳細を深く考えるよりも、ライドウはレンブラントへの呆れにも似た感動を抱いていた。

「――さて」

招待に応じてくれた事への感謝、現在のツィーゲの活況への商人一人一人の尽力を称《たた》える言葉、そんなありきたりの台詞を短く述べたレンブラントは、鋭い光を目に宿して語りはじめる。

「残念ながら、このアイオン王国が革命の火に焼かれる事が確実になった。君達は……我々はどう動く？」

問いかけるような口調で、レンブラントの演説が始まった。

アイオンの革命。

ツィーゲの独立。

「……叶うとも思ってはいないけど。願わくば……王国も帝国も、魔族も。この件に関わってきませんように……」

レンブラントの言葉で室内に熱が生まれていくのを感じながら、ライドウはそんな呟きを漏らした。

関わると決めてしまったからだ。

だから、アイオンの側に知己《ちき》や、悪く思っていない勢力が味方をしてほしくはなかった。

覚悟がないからではなく、覚悟を持ってしまったからこその、呟き。

この革命がどこまで波紋を広げるか。

それは、女神にさえ予測できなかった結末に向けて、静かに動き出した。

Tsuki ga michibiku isekai douchu.
月が導く異世界道中
原作 あずみ圭
漫画 木野コトラ
1～13
シリーズ累計 360万部!(電子含む)
2024年1月8日から
TVアニメ第2期放送
(TOKYO MX・MBS・BS日テレほか)
とことん 不運、されど チート!!
薄幸系主人公の異世界放浪記
主人公・深澄真は両親の都合で、不運にも異世界へと召喚される。しかもその世界の女神に「顔が不細工」と罵られ、問答無用で最果ての荒野に送り込まれてしまう。人の温もりを求めて荒野をさまよう真だが……。
●B6判 ●各定価:748円(10%税込)
無料で読み放題
今すぐアクセス!
アルファポリスWebマンガ
コミックス好評発売中
月が導く異世界道中
あずみ圭
木野コトラ
13
360万部
TVアニメ
[第2期] 2024年1月8日から
2クール 放送開始!
TOKYO MX・MBS・BS日テレほか

Re:Monster
リ・モンスター
1〜9・外伝
8.5
暗黒大陸編1〜3
金斬児狐
Kaneshiru Kogitsune
150万部
シリーズ累計
(電子含む)
突破!
TVアニメ化
決定!!
ネットで話題沸騰!
怪物転生
ファンタジー
最弱ゴブリンの下克上物語　大好評発売中!
Re:Monster
リ・モンスター
金斬児狐
転生したのはまさかの最弱ゴブリン!?
ネットで超人気!
怪物転生
ファンタジー
【小説】
1〜9巻／外伝／8・5巻
●各定価：1320円(10%税込)
●illustration：ヤマーダ
新章
Re:Monster
暗黒大陸編
THE DARK CONTINENT
リ・モンスター
1
金斬児狐
最弱ゴブリンから最強黒鬼
そして新世界の伝説へ!
新たな旅が今始まる!
65万部!
新シリーズ!
【小説】
1〜3巻(以下続刊)
●各定価：1320円(10%税込)
●illustration：NAJI柳田
コミカライズも大好評!
Re:Monster
リ・モンスター
1
転生したのは…最弱ゴブリン!?
異世界下克上
サバイバルファンタジー
累計
23万部
突破!!
待望のコミカライズ!!
【漫画】
1〜10巻(以下続刊)
●各定価：748円(10%税込)
●漫画：小早川ハルヨシ

この作品に対する皆様のご意見・ご感想をお待ちしております。
おハガキ・お手紙は以下の宛先にお送りください。

【宛先】
〒150-6008 東京都渋谷区恵比寿 4-20-3 恵比寿ｶﾞｰﾃﾞﾝﾌﾟﾚｲｽﾀﾜｰ 8F
（株）アルファポリス　書籍感想係

メールフォームでのご意見・ご感想は右のＱＲコードから、
あるいは以下のワードで検索をかけてください。

アルファポリス　書籍の感想　検索

ご感想はこちらから

本書は Web サイト「アルファポリス」（https://www.alphapolis.co.jp/）に投稿されたものを改稿のうえ、書籍化したものです。

月《つき》が導《みちび》く異《い》世《せ》界《かい》道《どう》中《ちゅう》 17

あずみ圭（あずみけい）

2021年 9月 30日初版発行
2023年12月 31日２刷発行
編集ー仙波邦彦・宮坂剛
編集長ー太田鉄平
発行者ー梶本雄介
発行所ー株式会社アルファポリス
〒150-6008 東京都渋谷区恵比寿4-20-3 恵比寿ｶﾞｰﾃﾞﾝﾌﾟﾚｲｽﾀﾜｰ8F
TEL 03-6277-1601（営業） 03-6277-1602（編集）
URL https://www.alphapolis.co.jp/
発売元ー株式会社星雲社(共同出版社・流通責任出版社)
〒112-0005東京都文京区水道1-3-30
TEL 03-3868-3275
装丁・本文イラストーマツモトミツアキ
地図イラストーサワダサワコ
装丁デザインーansyyqdesign
印刷ー中央精版印刷株式会社

価格はカバーに表示されてあります。
落丁乱丁の場合はアルファポリスまでご連絡ください。
送料は小社負担でお取り替えします。

ISBN978-4-434-29400-6 C0093